華舞《はなまい》剣客と新米同心
女郎蜘蛛の罠

八神淳一

コスミック・時代文庫

この作品はコスミック文庫のために書下ろされました。

目次

第一章　夜《や》叉《しゃ》姫《ひめ》

一

徳川《とくがわ》十一代将軍家斉《いえなり》の世。

定町廻《じょうまちまわ》り同心新崎真之介《しんざきしんのすけ》は神田《かんだ》を歩いていた。このあたりに、長月佳純《ながつきかすみ》がやっている手習所《てならいどころ》がある。

それだけで、顔がにやけてくる。定町廻りのお務め中であるぞ、と戒《いまし》めるが、脳裏に、佳純の白い裸体が浮かび、股間をむずむずさせてしまう。

ああ、佳純さん……。

お互い裸で抱き合い、思いを伝え合う口吸いをして、いざ無垢《むく》な割れ目に鎌首《かまくび》を当てるところまで、もう数えきれないくらい思い返していた。

あれからひと月あまりすぎていたが、日が経《た》つにつれ、記憶が薄れるどころか、より鮮明になっていた。

二度も邪魔が入り、思いを遂げることができなかったが、佳純の乳房の揉《も》み心地やしっとりとした肌触りを知ることができた。

ひと月がすぎても、いまだ、おなご知らずと、生娘《きむすめ》のままであった。

「きゃあっ」

悲鳴とともに、おなごが往来に出てきた。

裸のおなごが次から次へと出てくる。みな、あわてていて、弾む乳房や下腹の陰りを隠す余裕もないようであった。

六人の裸のおなごが出てきて、往来は騒然となった。おなごたちは湯屋から出てきていた。

そんななか、刃物を持った男が裸のおなごを抱きつつ、往来に出てきた。

男も裸で、魔羅《まら》が反り返っていた。

男はおなごの乳房に庖丁《ほうちょう》の刃を当てつつ、立ったまま、背後より、おなごに挿入しようとしていた。

助けなければ、と人垣から前に出ようとしたとき、湯屋からあらたなおなごが出てきた。

佳純であった。

「あっ、佳純さん……」

ずっと佳純のことを思ってお務めをしていたから、佳純に見えているだけかもしれない、と思ったが、間違いなく佳純であった。

佳純は肌襦袢《はだジュバン》姿だった。

「そのおなごを放しなさい」

そう言いながら、佳純がおなごの尻から魔羅を入れようとしている男に迫っていく。

「来るなっ。来たら、乳を斬《き》るぞっ」

男が庖丁の刃を、おなごの乳首に向ける。

おなごはひいっと声をあげ、来ないで、という目で佳純を見つめる。

男は四十前の町人だった。荒《すさ》んだ暮らしをしているように見える。

男は魔羅の先端をおなごの尻の狭間《はざま》に入れようとする。

すると、佳純が往来で肌襦袢を脱ぎはじめた。

人垣がざわついた。

佳純さん……なにをしている……。

佳純の躰《からだ》から肌襦袢が滑り落ちた。と同時に、豊満な乳房があらわになった。

「おうっ、乳だっ」

まわりに乳房はいくらでもあったが、往来に立つ町人たちの目は、みな佳純の乳房に向かっていた。

庖丁を持つ男の目も、腰巻だけとなった佳純の躰に釘《くぎ》づけとなっている。

「入れたいのなら、私に入れなさい」

そう言って、佳純は堂々と美麗なお椀形《わんがた》の乳房をさらしたまま、男に迫る。

「こ、腰巻を取れっ。取ったら、おまえに入れてやる」

男がそう言う。

なにをっ、と真之介は人垣から出ようとするが、その前に、佳純が腰巻に手をかけた。

それを見て、真之介の足が止まる。

佳純が腰巻を取った。下腹の陰りがあらわれる。

「なんてことだいっ」

人垣のあちこちから、町人たちのうなり声がする。みなの目は、佳純の恥部に向いていた。佳純の陰りは薄く、すうっと通った割れ目が剝《む》き出しとなっている。

あそこに鎌首を当てるところまではいったのだ。

「さあ、そのおなごを放しなさい」

生まれたままの姿となった佳純が、男に迫っていく。男の目は佳純の割れ目に向いている。

「さあ、私に入れたいでしょう」

一歩足を運ぶたびに、豊満な乳房が誘うように揺れる。

「入れたいっ」

と叫ぶと、男はうしろから入れようとしていたおなごの裸体を突き飛ばした。

庖丁の刃がおなごから離れた刹那《せつな》、佳純が一気に男に迫った。そして、庖丁を持つ手首をつかむと、ぐっとひねった。

「痛《いて》えっ」

と叫び、男の手から庖丁が落ちた。

男は庖丁を落とした手で、佳純の乳房を鷲《わし》づかみにした。

「入れさせろっ、入れさせろっ」

そう叫んで、もう片方の乳房もつかむと、その場に押し倒そうとする。

佳純は男から逃れようとしたが、男の勢いに押されて、往来に押し倒された。

男の魔羅の先端が、佳純の割れ目に向かう。

「おいっ、入れるぞっ」

人垣の町人たちが叫ぶ。

男の鎌首が割れ目に迫るのを見て、真之介は一気に飛び出した。

「なにをしているっ」

腰からすらりと大刀《だいとう》を抜くなり、峰に返しざま、佳純の割れ目に鎌首をめりこませようとした男のうなじを打った。

ぐえっ、と男は一撃で倒れ、佳純の裸体に覆《おお》いかぶさった。

「抱きつくなっ」

真之介は男の髷《まげ》をつかむと、ぐっと引き起こした。そのまま、佳純のわきに押しやった。男は口から泡を吹いている。

「佳純さん、大事ないかっ」

「ああ、新崎様っ」

真之介は佳純の右腕をつかむと、ぐっと引きあげた。

佳純は起きあがりざま、真之介に抱きついた。

「佳純さんっ」

真之介もしっかりと佳純の裸体を抱きしめる。しっとりとした肌がたまらない。剝き出しの肌から、なんとも言えない甘い薫《かお》りがする。

ああ、佳純さんっ。

このひと月の思いが爆発した。

真之介は佳純のあごを摘《つ》まむと、天下の往来で佳純の唇を奪った。

「おう、すごい」

佳純はすぐに唇を開いてきた。佳純のほうから、舌をからめてくる。

「うんっ、うっんっ、うんっ」

お互い、相手の舌を貪《むさぼ》る。ひと月ぶりに味わう佳純の舌と唾《つば》は極上だった。真之介は往来で、勃起させていた。

唇を引くと、佳純は我に返り、自分が生まれたままの姿でいることに気づいたのか、あっ、と声をあげて、あわてて右腕で乳房を抱き、左手で恥部を隠した。乳房が豊満なので、乳首を隠しているだけだ。

「ああ、なんてかっこうを……」

品のよい美貌《びぼう》を真っ赤にさせて、恥じらっている。

さきほどまでの威勢のよい佳純とは別人になっていた。

「往来で……裸を見られて……ああ、もう、お嫁には行けません」

わしがもらってやるぞ、と真之介は心の中で告げる。

「ありがとうございますっ」

と、庖丁を当てられていたおなごが寄ってきた。おなごも裸のままだ。豊かな乳房がぷるんぷるんと弾んでいる。

「いきなり女湯に庖丁を持って、入ってきて。やらせろ、入れさせろと」

真之介は伸びている男の口もとに顔を寄せた。

「阿片《アヘン》であるな。このところ、阿片で気がふれた行動を取る輩《やから》が増えてきているのだ」

ありがとうございます、と裸のおなごが裸のままの佳純に抱きついていった。

たわわな乳房と豊満な乳房が押しつぶし合った。

思わず、真之介は見惚《みと》れていた。

二

明くる日。

「往来で自分から裸になって、おなごを阿片中毒から救ったおなごの話だぞっ」

両国広小路《りょうごくひろこうじ》。読売の幸太《こうた》の声が響きわたっている。

佳純が躰を張っておなごを助けた話は、その日のうちに、江戸《えど》中にひろまっていた。

「その話は知っているぞ。なにか新しいネタはあるのかい」

さくらの政夫《まさお》が幸太に大声で聞く。

「そのおなごは、なんと、ひと月前、その身を捨てて、鬼蜘蛛《おにぐも》から大店《おおだな》の娘たちを守ったおなごなんだよっ」

と、幸太が叫ぶ。すると、そうなのかいっ、と町人たちが集まってくる。

「また、その身を捨てて、おなごを守ろうとしたんだよっ」

「そいつはすげえっ」

「助けたおなごの裸の絵がこいつに載っているぞっ」

と、幸太が掲げた読売の束をたたく。

「なんだってっ。すこぶるいい女って話じゃないかいっ」

と、さくらの政夫が叫ぶ。

「そうだぜっ。いい女だけじゃなくて、乳がでかいんだ」

「裸の絵、見たいなっ。一枚、くれっ」

と、政夫が叫ぶと、俺にもくれ、とあちこちから手が出てくる。

そんななか、ひとりの男が読売を手にして、すぐに開いた。

「ほう、佳純じゃないか」

男は盗賊鬼蜘蛛の頭《かしら》である色右衛門《しきえもん》であった。ひと月前、まさに、このおなごに邪魔された盗賊だ。

読売に描かれた佳純の絵は、なかなかそそった。裸で庖丁を持つ男に迫る佳純。男に押し倒される佳純。

顔立ちもお椀形の乳房も、佳純にそっくりであった。

割れ目もきちんと描かれている。

ふと、割れ目から男を狂わせる女陰《ほと》の匂いが薫った気がした。

読売から薫るわけがないのだが、色右衛門は思わず、読売に描かれた佳純の割れ目に鼻を押しつけていた。

「おう、おうっ」

両国広小路の人ごみの中で、色右衛門はうなりつづけた。

まわりの町人たちがみな、ぎょっとして色右衛門を見たが、色右衛門は腰を振っていた。

同じ頃、佳純は手習所で教え子たちを見送っていた。

「また明日ね、佳純先生っ」

子供たちはみな、佳純に手を振って帰っていく。

そんななか、ひとりだけ蠟燭《ろうそく》問屋の三女の菜美《なみ》が残っていた。

「お姉さん、遅いね」

いつも長女の由紀《ゆき》が迎えにくるのだが、今日は遅い。

「ごめんなさいっ」

由紀がこちらに向かって駆けてくる。

はあはあ、と荒い息を吐いて、手習所に入ってきた。

「両国広小路で読売を買っていて、遅れました」

「読売……」

佳純はいやな予感がした。

「このおなご、佳純さんですよね」

と、由紀が読売を開いて、挿絵を見せた。

裸のおなごが描かれていた。一見して、自分のことだとわかった。それくらい似ていた。

「あっ……」

「やっぱり、佳純さんですよね」

と、由紀は目を輝かせる。

蠟燭問屋の益田屋《ますだや》の三女は、半月ほど前から通いはじめていた。益田屋は大店だった。

「違います……」

「だって、そっくりですよ」

と、裸の絵を寄せてくる。

男に押し倒されて、魔羅を入れられようとしている絵もあった。

それを見て、昨日のことが鮮烈に蘇《よみがえ》る。

あのとき、庖丁を落としたところまではよかったが、男が佳純の色香に惑い、力ずくで押し倒してきたときにはあせった。

佳純は剣の腕には自信があったが、あのときは素手だったのだ。そうなると、どうしても男の力には敵《かな》わない。

生娘の花を散らしてしまうのか、と思ったとき、真之介が飛び出してきたのだ。

あのとき、凄《すさ》まじい熱気を感じた。太刀《たち》捌《さば》きもすばやく、見事だった。

佳純は感激して、思わず抱きついていたのだ。すると、このひと月、まったく迫ってこなかった真之介が、往来で唇を奪ったのだ。

佳純は真之介の勢いに圧倒されて、舌をからめていた。

お互い、このひと月の間の思いをぶつけるような口吸いだった。

「ああ、口吸いを思い出しているのですね、佳純さん」

気がつくと、由紀が佳純の美貌をのぞきこんでいる。

由紀はかなりの美形である。大きな瞳がなにより魅力的だ。

すでに、ほかの大店の次男が婿《むこ》入りするという話があると聞いている。

「えっ、く、口吸い……なんの話かしら。これに書かれているのかしら」

「いいえ。書かれていません。でも、裸のおなごが助けた同心と往来で舌をからませ合ったという噂《うわさ》は江戸中に流れていますよ」

「そんな……」

「その同心って、新米様、いえ、新崎様ですよね」

と、由紀が好奇心まる出しで聞いた。

新崎真之介は定町廻り同心だが、亡くなった父の家督《かとく》を継いで間がなく、陰では新崎とかけて、新米同心と言われている。

実際、ふだんはなにか頼りないのだ。が、昨日の真之介は違っていた。まったく別人のようだった。

「裸で助けたおなごは私ではありません」

「うそ……私ですって、顔に書いてありますよ、佳純さん」

「書いてありません……」

「新崎様との口吸いはどうだったんですか」

と、由紀が興味津々《しんしん》で聞く。

「だから、違うのです」

「姉さん、帰ろう」

ひとり蚊《か》帳《や》の外の菜美が、由紀の手を取る。

「菜美ちゃん、さようなら」

と、佳純は三女に手を振る。先生、さようなら、と菜美も手を振り返した。

由紀は菜美の手を引いて帰ろうとしたが、立ち止まり、振り向くと、

「ああ、そうだ……両国広小路ですごく変な男を見ました」

と言う。

「変な男……」

「佳純さんの絵が描かれたところに鼻を押しつけて、くんくん嗅《か》ぎながら、腰を振っていたんです」

鬼蜘蛛の色右衛門っ。

佳純はすぐにそう思った。

「その男に心当たりがあるんですか」

「いいえ、ないわ……」

声がかすれていた。どうして色右衛門を思い出して、声がかすれるのだ。

「今日の佳純さん、なんか色っぽいです」

「えっ……」

「やっぱり思い人と口吸いすると、おなごは変わるんですね」

そう言って、今度は由紀が頰《ほお》を赤らめる。

どういうことだ。どうして、由紀が他人の口吸いを思って頰を赤くさせる。

「じゃあ、明日。さようなら、佳純さん」

由紀も手を振って、帰っていった。

ひとりになると、急に躰の疼《うず》きを強く感じた。

色右衛門の顔が脳裏に浮かんで消えない。

佳純の躰を生娘のまま開発した男。乳首、おさねをしつこく舐《な》めて、生娘のまま、おなごとしての喜びを与えてくれた男。

盗賊の頭であり、佳純が用心棒として入っていた大店に押し入り、その場で、その娘たちを犯そうとした。佳純は躰を張って、娘たちを盗賊たちの魔羅から守ろうとした。

その中で、佳純は生まれてはじめて魔羅を舐めた。我慢汁を舐めた。

男女のことはなにも知らずに江戸に来た佳純にとって、色右衛門がすべてはじめての男となった。真之介はふたりめだ。色右衛門はなぜか佳純の生娘の花を散らすことはなかった。

何度もその機会はあったが、散らしてはいない。それゆえ、男知らずのままだ。

このひと月の間、真之介だけを思って生きてきたが、色右衛門の話を耳にしたとたん、躰が熱くなってきた。

きっと昨日の往来での真之介との口吸いが、佳純の躰をひと月前に戻したのだ。

色右衛門に開発された躰に……。

昨晩、真之介が佳純の家を訪ねてくると思っていた。なかなか寝つけなかった。けれど、真之介はあらわれなかった。往来では、頼もしい同心であったが、すぐに、いつもの新米様に戻ったようだ。

「真之介様……はやく、佳純をおなごに……してください」

佳純は火の息を洩《も》らした。

三

夕刻、真之介は湯屋の天井裏にいた。

這《は》いつくばり、洗い場をのぞいている。

おなごの裸が見たくて、のぞいているわけではない。これもりっぱなお務めであった。

鬼蜘蛛は頭と千鶴《ちづる》だけとなってからは、鳴りを潜めていたが、上方より、あらたな押し込みが江戸に入ったという情報が町方に入ってきた。

夜叉姫《やしゃひめ》といわれる、おなごが頭の盗賊である。

おなごは絹《きぬ》といい、股間に女郎蜘蛛《じょろうぐも》の彫物を入れているという。

それゆえ、女郎蜘蛛を彫ったおなごを見つけるために、町方が江戸中の湯屋をこうしてのぞいていた。

たいてい、同心の手下である岡っ引きや下っ引きがやっていたが、新米ゆえに、手下さえいない真之介は、自ら湯屋の天井裏に這いつくばっていた。

そもそも、そんな証《あかし》を股間に彫りつつ、湯屋には姿を見せないだろうが、万が一のことがあると、南町《みなみまち》奉行から下知がくだっていた。

目の下には、乳、尻、乳、尻だ。いろんな乳がある。

それを見ていると、いやでも昨日ひと月ぶりに目にした佳純の乳房が脳裏に浮かぶ。

美麗なお椀形。かなり豊満で、乳首はわずかに芽吹いていた。

あのとき、見ているだけで躰が動かなかったのに、最後は我ながら別人のように動いていた。

理由は痛いくらいわかっている。佳純の生娘の花が散らされそうになったからだ。

それを見た刹那、躰が勝手に動き、大刀を抜き、佳純の割れ目に鎌首をめりこませようとしていた男のうなじを峰で打ったのだ。

ひと月ぶりの口吸いは極上であった。

あの夜、何度も佳純の家に足を向けた。が、そばに寄ると、足が止まった。もう一歩が踏み出せない。

ああ、佳純さん……。

真之介はため息をつきつつ、女湯をのぞきつづけた。


呉服問屋大黒屋《だいこくや》の番頭である茂吉《もきち》は一膳《いちぜん》飯屋で晩飯を食べ、自宅のある長屋に向かっていた。

すると、見かけぬ掛行灯《かけあんどん》が目に入った。

ちょうど、そこのおなごが行灯に火を入れていた。千紗《ちさ》、とある。

おなごのうなじに、茂吉の視線は吸いよせられていた。行灯の明かりを受けて、絖《ぬめ》白《じろ》い肌だけが、浮きあがって見えていた。

おなごが茂吉の視線を感じたのか、振り向いた。

茂吉ははっとなった。

美貌だったのだ。いわゆる男好きのする顔立ちである。なにより色が白く、うなじ同様、行灯の明かりを受けて、白く浮きあがっていた。

その美人が茂吉を見て、微笑《ほほえ》んだ。

茂吉は柄にもなく、どきりとした。大店の呉服屋という商売柄、美人と接することは多いが、どの美人とも違っていた。

なにが違うのか、よくわからなかったが、とにかく引きつけられた。

「一杯、いかがですか」

と、そのおなごが声をかけてきた。

茂吉は近寄っていった。おなごは笑顔のまま、茂吉を見つめている。笑顔だったが、その瞳は妖《あや》しい絖りを湛《たた》えていた。

「はじめて見たが」

「はい。今宵《こよい》からです。あなた様が、はじめてのお客様です」

どうぞ、とおなごが右手を差し出し、茂吉の手を握ってきた。

ただ握るのではなく、五本の指をしっかりとからめてきたのだ。

「ここは、小料理屋かい……」

もしかしたら、春を売る店なのかもしれない、と思ったのだ。それなら、用はない。

「はい。たいしたつまみはまだ出せませんけれど」

そばで見ると、おなごからは品のようなものを感じた。いくら育ちがよくても、町人では出せない類《たぐい》の品だ。

「もしや、元、お武家では……」

「あら、わかりますか」

「呉服屋の番頭なので、なんとなく」

「あら、そうなのですね」

おなごのからむ指に力が入った気がした。

「一杯、もらおうか」

「ありがとうございます。どうぞ」

おなごは茂吉の手に五本の指をからませたまま、引き戸を開けた。

中は、小さな食台が三つあるだけで、こぢんまりとしていた。

「冷やでもらおうか」

はい、と言って、ようやく、おなごがからめた手を放した。

うなじに目が向く。

元武家のおなごとなると、やはり見方が変わる。茂吉は三十だが、まだ独り身であった。ふたりつき合ったおなごはいたが、いずれも町人だった。元とはいえ、武家のおなごとは縁がない。

呉服屋の番頭として、接するだけだ。

おなごが徳利を手に寄ってくる。そして、茂吉の隣に腰かけると、どうぞ、と言う。茂吉がお猪口《ちょこ》を持つと、徳利を当ててくる。

ごくりと飲む。不思議なもので、同じ冷やでも美人に酌《しゃく》してもらうと、味が違う。

「うまい」

と言うと、もう一杯どうぞ、と言う。隣からは、よい匂いがしてくる。お武家相手に接客しているときに、ふと薫る品のよい匂いだ。

二杯目もごくりと飲むと、

「女将《おかみ》もどうかな」

と言った。

「千紗と言います」

と、おなごが名乗った。自らの名を店の名にしているようだ。

「千紗さんか。やはり、元武家らしい名だな」

千紗が自分のお猪口を取りに立とうとした。

「これでいいじゃないか」

と、自分のお猪口を指さす。

「よろしいのですか……千紗の唾で汚れますよ」

そんなことを言う。

こんな美形の唾なら、大歓迎だ。

「さあ、一杯飲んでくれ」

「じゃあ、いただきます」

と、千紗がお猪口を手にする。そこに茂吉が冷やを注《つ》ぐ。千紗がお猪口を上げ、唇へと寄せていく。

瞳を閉じ、あごを反らし、ごくりと飲む。白い喉の動きがなんとも艶《なま》めかしく、冷やを飲む姿を見て、茂吉は勃起させていた。

このところ仕事の疲れがたまって、下半身に元気がなかったのだが、千紗が冷やを飲む姿を間近で見ただけで、股間を熱くさせていた。

「ああ、おいしい」

と言って、小指で濡れた唇を拭《ぬぐ》う。

「独り身なのかい」

と、思わず、いきなりそんなことを聞いていた。

「はい。夫は斬られました」

「斬られた……」

「はい。夫は勘定方でした。上役の横領を暴こうとして、逆に罪を着せられ、罪をかぶったまま口封じのために斬られてしまったのです……」

「なんと……」

「私は身の危険を感じて、国許《くにもと》から逃げたのです。そして、江戸にたどり着きました」

「そうなのか。大変だったな」

未亡人ということか。しかも、夫を斬られたとは……。

茂吉を見つめる千紗の美しい瞳から、ひとすじ涙の雫《しずく》が流れた。

「千紗さん……」

「ごめんなさい……夫のことを思い出してしまって……」

大きな瞳から涙があふれ出す。

なんてきれいな泣き顔なのか……。

茂吉は思わず、見惚れていた。

「ごめんなさい。あの、煮物があるのです。いかがですか」

小指で頰を伝った涙を拭いつつ、千紗がそう聞いた。

「もらおうかな」

はい、と笑顔を見せて、千紗が立ちあがり、板場へと向かう。

そのうしろ姿を見つめつつ、このおなごは大丈夫だな、と茂吉は思う。

ひと月前、鬼蜘蛛という盗賊が江戸の町を騒がせていた。鬼蜘蛛は押し入った先の美形のおなごたちを犯すことで知られていた。大黒屋は幸か不幸か、美形の妻も娘たちもおらず、うちは大丈夫だ、と主人が言っていた。

実際、大黒屋に鬼蜘蛛が押し入ることはなく、美形の後妻と美形の三人の娘がいることで有名な呉服問屋の越前屋《えちぜんや》に押し入り、そこが雇った美形の用心棒がその身を挺《てい》して、娘たちの貞操を守ったと噂されていた。

が、上方よりあらたな押し込みが江戸に入ったらしい、という話を主《あるじ》が馴染《なじ》みの同心より耳に入れていた。

夜叉姫といい、頭がおなごで、しかも、そのおなごが押し入った先の主や番頭たちとまぐわい、千両箱だけでなく、その精気まで吸い取ってしまうというらしい。吸い取られて、そのままあの世に往《ゆ》く者もいるという。

頭は絹といい、魔羅喰《くら》いの絹というふたつ名があるらしい。

押し込みは必ず、引き込みを使う。狙《ねら》った店の者を落として、見取り図を書かせ、押し入るときは裏の戸の閂《かんぬき》を開けさせるのだ。

今朝も主が、くれぐれも夜叉姫には気をつけろ、と言っていた。

茂吉は常に用心していた。今も、千紗に笑顔を向けられ、いらっしゃい、と五本の指をからめられたときも、ぞくぞくしつつ、もしや、とも思ったのだ。

が、いっしょに酒を飲み、千紗を見ていると、盗賊の頭にはまったく見えない。

そもそも、元武家なのだ。それは雰囲気やなにげない仕草でわかる。

通ってもいいかな、と茂吉は思った。

千紗が小鉢を手に、戻ってきた。

「お口に合うかどうか、心配ですけれど」

芋の煮物を箸《はし》で摘まむと、茂吉は口に運んだ。

息がかかるほどそばで、千紗が心配そうに見ている。

「おいしい」

と言うと、よかった、と千紗が笑顔を見せた。

四

「ありがとうございました」

茂吉に向かって頭を下げると、手を振った。振り返った茂吉も手を振り返した。

角を右手に曲がり、茂吉の姿が消えると、絹は行灯の火を消した。店の中に入ると、

「お頭」

と、ひとりの男が奥から姿を見せた。男は褌《ふんどし》一丁だった。

「剛吉《ごうきち》かい」

「はい。行水の用意はできています」

「そうかい」

剛吉が近寄ってきた。失礼します、と帯に手をかけ、結び目を解《ほど》く。そして帯を抜くと、前がはだけた。

着物を脱がすと、肌襦袢だけとなった絹が歩きはじめる。そのあとを、剛吉が従う。

絹は店の勝手口から外に出た。勝手口の前はちょっとした庭になっていて、そこに大きな盥《たらい》が置いてあった。

そこにもふたり男がいた。ふたりとも褌一丁だった。

絹は大きな盥の前に立つと、自ら肌襦袢を躰の線に沿って滑り落とした。たわわに実った乳房、平らなお腹《なか》、そして下腹があらわになった。

絹は腰巻をつけていなかった。

叢雲《むらくも》が動き、月が出てきた。

絹の裸体が月明かりを受けて、浮かびあがった。

なんともそそる熟れた裸体が白く光った。

その股間には恥毛がなく、代わりに女郎蜘蛛が息づいていた。

それはまるで生きているようだった。

「ああ、お頭」

盥の前に片膝《かたひざ》をついているふたりの男たちの目が、股間に彫られた女郎蜘蛛に釘づけとなる。

「琢磨《たくま》、今日の首尾はどうだったかい」

と、右手の優男に聞く。

「何件か、めぼしい大店を見つけました」

「そうかい。引き込みはこれからかい」

「はい」

琢磨は絹の股間を見つめつつ、うなずく。

「弥平《やへい》はどうだい」

と、隣のたくましい躰をした男に聞く。

「ひとり、ものにできそうな大店の女中を見つけました」

「そうかい。頼むよ」

剛吉はどうだい、とあらたに片膝をついた男に聞く。三人の中ではいちばんの色男だ。

「蠟燭問屋の娘を落とせそうです」

「そうかい」

「今日、いつもの手を使いました」

「雇ったごろつきに襲わせて、おまえが娘を助けるというやつかい」

「はい。娘は俺をうっとりとした目で見ていました。口吸いをしてもよかったのですが、次に取っておきました」

「そうかい。頼んだよ」

じゃあ、洗ってくれ、と絹が言うと、男たちが立ちあがり、褌を取る。すると、三本の勃起させた魔羅があらわれた。

ふつうなら、お頭の裸を見て勃起させるなど、怒りを買うところであるが、夜叉姫は違っていた。むしろ、勃起しないと平手を食らった。

見事に勃起させた三本の魔羅を、絹はうっとりとした目で見つめる。

三人とも勃起させた魔羅の反り具合や太さを見て、手下にするかどうか決めていた。

絹が大きな盥に足を入れると、三人がそれぞれ桶《おけ》を持ち、お湯を掬《すく》う。そして、三方から絹の裸体にお湯をかけていく。

熟れた裸体がお湯を吸って、淫《みだ》らに輝く。

股間の女郎蜘蛛が生き返ったように光る。

男たちが手に糠袋《ぬかぶくろ》を泡立てる。正面右手から琢磨が手を伸ばし、たわわに実った右の乳房に泡を塗《まぶ》していく。左手からは弥平が左のふくらみに泡を塗していく。

背後からは剛吉がむちっと盛りあがった双臀《そうでん》に泡を塗していく。

三人の男たちが、絹の裸体を泡まみれにさせていく。

「はあっ……ああ……」

乳首はすでに勃《た》っている。さっきの客の手に指をからめたときから勃っていた。そして元武家だと気づかれ、夫が不正の濡れ衣《ぎぬ》をかぶされ斬られたことを告白しながら、女陰を濡らしていた。

琢磨の手が乳房を離れ、躰の線に沿って下がってくる。撫《な》でつつ、泡まみれにさせている。

剛吉の指が尻の狭間に入ってくる。

弥平が絹の右腕を上げた。あらわになった腋《わき》の下に、泡を塗してくる。

「あ、ああ……」

絹は火のため息を洩らす。


元武家なのは本当だったが、夫が濡れ衣をかぶって斬られ、自らの身の危険を感じて藩を出たのはうそだった。

絹は不貞がばれて、藩を追われたのだ。

絹とただならぬ関係を持った相手も、妻子がいた。昼間、出合茶屋《であいぢゃや》で不貞相手とまぐわっているところに夫が乗りこみ、本手《ほんて》の状態で背中から突き刺したのだ。

大刀は男の躰を貫通せず、絹は助かった。

このままだと夫に殺されると、すぐに家を出て、藩を出た。

着の身着のままに国許を出た絹は、最初の宿場町で悪い男に捕まった。

辰次《たつじ》といい、宿場町をしきるやくざの若頭だった。

辰次はとにかく、色ごとに長《た》けていた。夫とのまぐわいは子を作るためだけで、おなごとして目覚めさせてくれたのは斬られた不貞相手の藩士であった。

が、辰次の色ごとは違っていた。不貞相手とのまぐわいも、子供の戯《ざ》れごとにすぎないことを躰で知らされた。

絹は一気に辰次に溺《おぼ》れ、辰次の女となった。

「絹、おまえは俺の女だ」

「はい……」

「でも、武家の女なんて、やっぱり信じられん」

「絹は身も心も辰次さんに捧げています……」

「証が欲しいな」

「証……」

「彫ってみないか」

「彫る……」

「そう。このきれいな肌に、俺の証を彫るんだよ」

辰次が絹の裸体をなぞってくる。それだけで、躰中が痺《しび》れる。今、三人の男たちに躰をなぞられているが、辰次はたったひとりで今以上の喜びを与えてくれた。

「いいわ……辰次さんの好きなところに、好きなものを彫ってください」

このとき、絹は一生、辰次の女でいることに決めていた。辰次なしの、辰次の魔羅なしの人生は考えられなくなっていた。

「じゃあ、ここに彫ろうじゃないか」

と言いつつ、辰次が絹の恥部に顔を埋《うず》めてきた。

「えっ……ここって……」

絹は背中に彫るものだとばかり思っていた。

「ここだ。この毛なしの股間に、女郎蜘蛛を彫るのさ」

絹は生まれつき恥毛がなかった。腋にも毛がない。

そう言って、割れ目をなぞってくる。

「そこに……女郎蜘蛛を……」

「そうだ。いやか」

「い、いいえ……」

躰が震えはじめた。と同時に、大量の蜜《みつ》が女陰からあふれてきた。

「ほう、そんなに興奮するか、絹」

「はい……」

この恥部に、あろうことか、女郎蜘蛛を彫る。そんなものを彫ったら、もう二度と辰次以外の男に躰を見せられなくなるだろう。が、それでよいのだ。一生、辰次の女として生きていくつもりなのだから。

辰次が割れ目を開いた。するとどろりと信じられないくらいの大量の蜜が出てきた。

辰次は股間に顔を埋め、それを啜《すす》りはじめた。

「あ、あああっ、あああっ、彫ってっ、彫ってくださいっ。女郎蜘蛛を、絹の女陰にっ……ああ、一生、絹は辰次さんの女ですっ」

絹は蜜を啜られるだけで、何度も気をやっていた。

琢磨の指が割れ目に触れた。

「あぁっ……」

絹は甲高《かんだか》い声をあげていた。

弥平が乳房に顔を埋めてきた。とがった乳首を吸いはじめる。

背後からは剛吉が尻の穴に触れてくる。

「はあっ、ああ……」

絹は甘い喘《あえ》ぎを洩らす。

「琢磨、おさねを吸って」

と、絹は言う。はい、お頭、と琢磨も盥に入り、しゃがんでくる。そして、おさねに口を寄せると、ぺろりと舐めてくる。

「あぁっ、辰次さんっ」

と、絹は股間に女郎蜘蛛を彫った男の名を呼ぶ。

実際彫ったのは彫師だが、彫っているときはいつも隣にいた。彫られている絹を見て、いつも勃起させていた。絹は辰次の魔羅をしっかりと握り、激痛に耐えていた。

手下たちは、辰次のことは知っていた。絹がなんでも話したからだ。

手下たちは、どうあがいても辰次には勝てないと知っている。辰次はずっと股間で生きているからだ。

現実の辰次は、女郎蜘蛛を彫り終えて、たったひと月であの世に往《い》ってしまった。隣の宿場町のやくざとの縄張り争いで、殺されてしまった。

女郎蜘蛛を股間に彫った絹に、誰も手を出そうとはしなかった。

「剛吉、尻を舐めて」

と、絹が命じる。すると剛吉も盥に入り、しゃがむと、尻たぼをぐっと開く。そして、ひっそりと息づいている尻の穴に舌を入れてくる。

「はあっ、ああ……」

乳首、おさね、そして尻の穴と三カ所を同時に舐められ、やっと辰次がくれた快感に近づく。

「もっと強くおさねを吸うのよ、琢磨」

はい、と強く吸ってくる。

「ああっ、指を一本入れなさい。ああ、琢磨は女陰に、ああ、剛吉は尻の穴に入れるのよ」

はい、と琢磨と剛吉が素直に従う。ふたりとも、かなりの女たらしであった。が、絹を前にすると、おなご知らずの男のように、従順となっていた。

「ああ、弥平、口吸いを……」

と、絹が言う。はい、と乳房から顔を上げた弥平が、口を寄せてくる。絹は唇を開き、手下の口を迎える。舌を入れていく。弥平の舌にからめる。

「う、ううっ」

舌を吸われただけで、弥平の魔羅が倍になる。ぴくぴくと動き、我慢汁を出している。

辰次を亡くした絹は大坂《おおさか》へと向かった。そこで、盗賊の頭のおなごとなった。頭は長太《ちょうた》といい、盗賊としては有能だった。ずいぶんかわいがられたが、長太には妻がいた。

妻と並べられて、よく尻から突かれたが、ある夜、妻が嫉妬《しっと》に駆られ、絹を庖丁で刺し殺そうとした。そのとき、長太が咄嗟《とっさ》に絹を庇《かば》い、妻の庖丁を心の臓に受けた。

妻は大坂から姿を消し、絹がその盗賊の一味を引き継いだのだ。

絹はその色香と性技で手下を言いなりにさせてきた。

手下も入れかわり、この三人は、絹があらたに見つけた男たちだった。

絹は弥平と舌をからめつつ、魔羅をつかんだ。我慢汁だらけの鎌首を手のひらで包み、撫でまわす。

すると、弥平が腰をくねらせ、うめく。そこをさらに鎌首を撫でていく。

「ああっ、すいませんっ……」

出そうになった弥平があわてて腰を引く。絹の口と女陰以外に出したら、仕置きが待っている。

「琢磨、口」

と、絹が言う。すると、おさねを吸っていた琢磨が立ちあがり、顔を寄せてくる。舌をからめると、琢磨の魔羅も一気に倍になる。

男たちはみな、絹との口吸いに溺れた。最初の不貞の相手もそうだった。口吸いなら、どんな場所でもやれた。不貞相手とは最初は口吸いだけだったのだ。それ以上はお互い我慢していたのだ。

が、無理だった。結局は夫に見つかり、まぐわいながら、串刺《くしざ》しにされた。

「ああっ、すいませんっ」

琢磨も口吸いだけで出そうになり、さっと離れる。

「剛吉、来なさい」

ずっと尻の穴を舐めていた色男を呼ぶ。

剛吉が尻の穴から舌を引き、正面にまわってくる。魔羅は天を衝《つ》いている。

剛吉が顔を寄せてきた。口を重ねてくる。すると、びりりと躰が痺れた。

剛吉は口吸いの達人だった。琢磨と弥平を圧倒していた絹が、剛吉の口吸いにはとろけていく。

蠟燭問屋の娘に目をつけたらしいが、恐らく、次の口吸いで落ちるだろう。引き込みは、ほとんど剛吉が見つけてきていた。

ただ、色男、金と力はなかりけりで、押し込みの現場ではあまり役に立たなかった。

「うんっ、うっんっ」

舌がとろける。女陰がとろける。もう、どろどろだ。

欲しくなる、硬いものが。

「剛吉、入れなさい」

唇を引くと、絹はそう命じた。声が甘くかすれている。

「はい、お頭」

剛吉の魔羅がひくつく。先端は大量の我慢汁で白くなっている。

立ったまま、剛吉が絹の裸体に抱きついてくる。口を重ね、口吸いをしつつ、鋼鉄の魔羅を入れてくる。

「うんっ……」

肉の襞《ひだ》が鋼に削られていく。

剛吉は一気に貫いてきた。硬くて太いもので、穴を埋められる感覚がたまらない。おなごの穴は魔羅によって塞《ふさ》がれるためだけにある、と思う。

「ああ、琢磨、尻を舐めておくれ」

絹は貪欲《どんよく》だ。尻の穴も舌で塞がれたい。

全身性感帯であったが、まだ尻の穴は生娘のままだった。不貞相手も、辰次も絹の尻の穴には興味を示さなかった。大坂の長太は絹の尻の穴に興味を示し、入れるために、ほぐしていたが、入れる前に、妻によって殺されてしまった。

琢磨が尻たぼを開き、とがらせた舌を尻の穴に入れてくる。

「ああっ、いいよ……」

絹は火の息を吐く。剛吉がずぶずぶと真正面から突いてくる。

肉襞がえぐられ、削られる。

「ああ、ああっ……」

あらたな汗をかいてくる。男たちを惑わす汗の匂いだ。

剛吉の魔羅が、絹の中でさらにひとまわり太くなった。

「ああ、いいですか」

腋の下に顔を埋めていいか、と剛吉が聞いてくる。

「いいよ」

と言って、両腕を上げる。和毛《にこげ》すらない腋の下が汗ばんでいる。

男たちは、この毛がない腋のくぼみに興味を持った。

不貞相手も辰次も、長太も顔を埋めたがった。

剛吉が深々と突き刺しつつ、右の腋のくぼみに顔を押しつけてくる。

「ああ、お頭っ」

剛吉がうめく。と同時に、突きがゆるくなった。腋の匂いを嗅いで、出そうになっているのだ。

「魔羅を出しな」

と、絹は言う。突きをゆるめる魔羅などいらない。

「あっ、すいやせんっ」

と謝りつつ、言われるまま、魔羅を引いていく。激しく突いたら、出してしまうからだ。

「琢磨、うしろから入れな」

と、絹は言う。

尻の穴をとがらせた舌先で突いていた琢磨が立ちあがり、尻たぼをつかむと、立った状態でうしろから女陰に入れてくる。

「あうっ」

絹は両腕を上げたまま、火の息を吐く。

「おまえたち、腋を舐めてもいいよ」

弥平と剛吉に向かって、そう言う。

「ありがてえっ」

と、弥平が左の腋のくぼみに顔面をこすりつけてくる。魔羅をつかむと、

「ああっ、お頭っ」

と、うわずった、なんとも情けない声をあげる。出そうなのだ。

「出したら、仕置きだよ」

「出しませんっ」

弥平は顔を上げると、腋のくぼみを舐めはじめる。

一度、顔を引いた剛吉も、ふたたび右の腋のくぼみに顔を寄せてくる。こちらの魔羅は、絹の蜜でどろどろだ。

絹は弥平の魔羅をしごきつつ、剛吉の魔羅もつかむ。

「あぁっ、お頭っ」

と、剛吉もなんとも情けない声をあげる。

「お頭、うなじに……顔を埋めてもいいですか」

背後から突きつつ、琢磨が聞いてくる。

うなじも汗ばんでいる。そこから男殺しの匂いが出ているのだ。

「いいけど、突きをゆるめたら、ゆるさないよ」

「はいっ」

そう言って、琢磨がうなじに顔を押しつけてくる。

弥平と剛吉が腋。琢磨がうなじ。腋とうなじだけで、男たちを手玉に取っている。

「ああ、ゆるいよ」

と、絹は言う。

「すいやせんっ」

と、琢磨があわてて突くも、すぐにゆるくなる。

「抜きな。おまえたち、十度ずつ、強く突くんだ。十度は我慢できるだろう」

琢磨が背後から抜くと、弥平が正面から抱きついてきた。ずぶりと入れてくる。そしてすぐさま、力強く突いてくる。

「あうっ、いいわっ。もっとよっ」

突かれると、たわわな乳房がぷるんぷるんと揺れる。乳首はとがりきったままだ。

「ああ、もうだめだっ」

十度突くと、あわてて弥平が魔羅を抜く。するとすぐに、うしろから琢磨が魔羅をずぶりと入れてくる。

「あうっ、いいわ」

琢磨はうなじに顔を埋め、背後より乳房をつかんでくる。力強く突いてくる。十度で抜くとわかっているから、その十度に全力を入れていた。

「ああ、いいっ……ああっ、いいわっ」

「ううっ、出そうですっ」

琢磨は八度突いたところであわてて魔羅を抜く。すると空いた穴に、すぐさま正面から剛吉が入れてくる。

ずどんずどんと突いてくる。

「いい、いいいっ、剛吉、いいっ」

絹のほうからしがみついていく。

「ああっ、お頭っ」

すぐに十度となる。

「そのまま、突いてっ。抜かないでっ、剛吉っ」

「はいっ、お頭っ」

剛吉は突きつづける。

「ああ、気をやるわっ、ああ、出してっ、そのまま、私の中に出して、剛吉っ」

「ああ、絹さんっ……」

中に出すときだけ、絹、と名を呼ぶように言いつけてあった。絹と名を呼べるのは、中出しできる男の特権である。

ずぶずぶと、剛吉の魔羅が出入りする。股間から、ぴちゃぴちゃと蜜が弾《はじ》ける音がする。

「ああっ……ああ、い、いきそう……いっしょにいくのよ、剛吉っ」

「はい、絹さんっ」

「あ、ああっ……い、いく……」

と叫ぶと同時に、絹の中で剛吉の魔羅が爆《は》ぜた。

脈動しつつ、凄まじい勢いで精汁を噴き出す。

それは子宮《こつぼ》をたたき、さらに絹を絶頂へと誘う。

「いくいく……いくいくっ」

絹は気をやりつつ、あらたなあぶら汗をにじませる。剛吉にしがみつく絹の裸体からあらたな匂いが放たれ、まだ出していない琢磨と弥平の鈴口《すずぐち》から大量の我慢汁が出た。

第二章　色右衛門《しきえもん》

一

四つ（午後十時）前。

火付盗賊改方《ひつけとうぞくあらためかた》の多岐川主水《たきがわもんど》は長月佳純の家を訪ねていた。

鬼蜘蛛を捕らえるにあたって、佳純に協力してもらってから、ちょくちょく佳純の家に足を向けていた。

顔を出すと、手合わせを願った。佳純はおなごとしてはかなりの剣の遣《つか》い手ではあったが、主水の腕が一枚上であった。それゆえ、ちょくちょく主水から望んで手合わせする相手ではなかった。

けれど、気がつくと、佳純の家に足を向けていた。

近寄ると、大刀《だいとう》を振る気を覚えた。

生け垣からのぞくと、佳純が真剣を振っていた。

寝巻姿であった。寝られず、大刀を振っているのだろうか。

結っていた髪は解《ほど》き、背中に流れる漆黒《しっこく》の髪を根元でくくっている。それゆえ、すり足で前に出て、大刀を振るたびに、馬の尾のような黒髪が弾んだ。

宙を見つめる眼差《まなざ》しは、凛《りん》として美しい。品がありつつ、どこか淡い色香を覚える。

主水は知らずしらず、佳純の太刀《たち》捌《さば》きに見入っていた。

佳純が大刀を鞘《さや》に戻した。そして、寝巻の帯を解きはじめた。

乳を出すのか。

佳純が寝巻を脱いだ。胸もとは白い晒《さらし》で押さえられている。下は腰巻一枚だ。

佳純の乳房は豊満で、晒がかなりきつそうだ。

その晒に佳純が手をかけ、解きはじめた。

やはり乳を出して、素振りのつづきをやるようだ。

乳房があらわれた。見事なお椀形《わんがた》であった。すでに乳首がつんとしこっていた。

あれだと、大刀を振るたびに、晒にこすれて、つらかったであろう。

佳純は豊満な乳房を剣客としての弱点だと捉えていた。

が、それは違う、と主水は伝えていた。大刀を振るたびに弾む乳房は、相手の剣客の気をそらす手段となっている、と伝えた。

腕がほぼ同じであれば、ちょっとした気のゆるみや気のそらしが命取りとなる。佳純の豊満な乳房は確かに、太刀捌きに影響を与えるであろうが、それ以上に気をそらす効果がある。

実際、主水は乳房を出した佳純と竹刀《しない》を合わせたことがある。乳を出さないときは、主水が勝っていたが、乳を出した佳純には負けることがあった。

佳純が腰巻だけで大刀を手にして、素振りをはじめる。たわわな乳房がぷるんぷるんと揺れる。

ああ……なんて眺めだ……。

主水はあろうことか、佳純の太刀捌きを見て、勃起させていた。いかん。わしは火盗改の頭《かしら》なのだ。それが、生け垣からおなごの乳をのぞいて勃起させるなど、あってはならぬことだ。

去るのだ。去るのだ、主水っ。

佳純が大きく大刀を振りかぶった。

豊満な乳房の底が持ちあがると同時に、左右の腋《わき》のくぼみもあらわになった。月明かりを受けて、佳純の躰《からだ》が白く浮きあがっている。

主水は佳純の腋のくぼみに見入っていた。

揺れる乳ならまだしも、腋のくぼみにまで引きよせられるとは。しかし、汗ばみ、和毛《にこげ》を貼《は》りつかせた腋のくぼみがなんともそそる。

そそるとはなんだっ。

今宵《こよい》は佳純と手合わせしたくて、やってきたのではないのか。佳純の乳や腋の下をのぞくために来たのではない。

「たあっ」

佳純が上段に構えたまま、すばやく前に出る。

下乳が揺れる。

以前は、生け垣越しに乳を見て気持ちが乱れ、それを佳純に悟られていたが、今はまだ、佳純は主水の気配を感じていない。

主水自身、大刀を持ったおなごの乳の揺れに気持ちを乱さず、気配を隠したままでいられるようになったのかもしれない。となると、こうしてのぞいていることも火盗改としての修行ではないのか。

佳純がこちらに裸体を向けた。たあっ、と声をあげて、迫ってくる。

「そろそろ、出てきてください、多岐川様」

気配など消せていなかったのだ。佳純の揺れる乳房を見たときより、佳純に気づかれていたのだ。

弾む乳房が迫ってくる。

主水は腰から大刀を抜くと、生け垣から中に入った。

佳純の大刀が迫ってくる。主水は揺れる乳房に気持ちを乱しつつも、額の前で刃《やいば》を受けた。

するとすぐさま、佳純が手首を狙《ねら》ってくる。疾風《はやて》のごとき太刀捌きだ。しかも手加減がなかった。

主水はそれを受けて、弾《はじ》き返した。主水でなかったら、手首を真剣で斬《き》られていただろう。

佳純がよろめいた。主水は一気に前に出て、弾む乳房の頂点で息づくとがった乳首に切っ先を向けた。

「ひいっ」

と、佳純が息を呑《の》んだ。

ぎりぎりで止めると、

「参りました」

と、佳純が頭を下げた。

「多岐川様のような遣い手に会ったことがありません」

「そうか」

主水は乳首に切っ先を突きつけたままだ。

「国許《くにもと》では、剣術指南役にもなれるような腕だと自負していました。でも、江戸に出てすぐに、多岐川様のような剣客に出会って、井の中の蛙《かわず》だと思い知らされています」

「そうか」

まだ乳首に切っ先を突きつけたままだ。ちょっとでも前に出すと、乳首を斬れると思うと、なぜか異常に昂《たかぶ》っていた。

「乳首、斬りたいですか」

「あっ、いや……すまぬ……」

主水はあわてて大刀を引き、鞘に納めた。

「多岐川様におねがいがあります」

「な、なんだ……」

もう来ないでくれ、のぞかないでくれ、と言われるのかと主水は身構えた。火盗改の頭が、おねがいがあると言われて、緊張していた。

「もっと頻繁に来てください」

と、佳純が言った。

「えっ……よいのか……」

「手合わせをおねがいしたいのです。佳純はもっと強くなりたいのです」

佳純は乳房をまる出しにさせたままでいる。汗ばんだ肌からは、なんともそそる匂いを放っている。それでいて、主水を見つめる目は真剣だ。剣の腕では一枚上の主水を尊敬の眼差しで見つめている。

「わしも佳純どのとの手合わせは勉強になるのだ」

「乳に惑わないためですね」

と言って、佳純が頰《ほお》を赤らめた。

急に乳房をあらわにさせたままでいることに羞恥《しゅうち》を覚えたのか、左手で乳房を抱いた。が、そんな恥じらいの仕草に、主水の股間はより強く反応する。

さっきまで真剣勝負をやっていた女剣客が、急にただの生娘《きむすめ》のおなごに戻っているのだ。

「また、上方よりあらたな盗賊が江戸に入ったようなのだ。頭がおなごなのだ」

「頭が、おなご……」

「そう、魔羅喰《まらくら》いの絹とふたつ名で呼ばれている元武家のおなごなのだ」

「魔羅……喰い……」

佳純の口から、魔羅という言葉が出ると、それだけで主水は昂った。

「元、武家なのですか」

「そうだ。佳純どのと同じであるな。かなりの美形らしい。そやつを捕らえるためにも、乳には慣れておかなくてはと思って、今宵、参ったのだ」

それは、たんなる口実であった。とにかく、佳純の乳房を見たかっただけだ。

「もう一度、真剣でお手合わせ、おねがいしてもよろしいですか」

「よいのか。もしかしたら、その肌に傷がつくかもしれぬぞ」

「それはありません。多岐川様はありえません」

またも、尊敬の眼差しで見つめられる。主水は尊敬の目ではなく、好いた男を見る目で見つめられたいと思った。

なにを思っているっ。わしには妻も子もいるのだ。

火盗改が不貞など、あってはならぬっ。

「やはり、私のような若輩者との手合わせは気がお乗りになりませんか」

佳純が悲しそうな表情を見せる。

「いや、そのようなことはない」

主水の心は完全に乱れていた。このような心持ちのまま、真剣で勝負をしてもよいのだろうか。佳純の乳房は大きく、弾むのだ。万が一、傷つけるようなことになったら、困る。

「やはり……気がお乗りになりませんか」

佳純の瞳に、涙がにじみはじめる。

「さあ、もう一度、勝負っ」

主水は自分自身に言い聞かせるように、そう言うと、腰からすらりと大刀を抜いた。それを見て、佳純もあらたに大刀を構える。

左腕で隠されていた乳首が、ふたたび主水の前にあらわれる。

しかし、大刀を正眼に構えた姿の美しいこと。

「たあっ」

と、佳純が迫ってきた。乳房がぷるんぷるん揺れる。

ああ、なんて乳だっ。

乳房とともに大刀が迫り、主水はぎりぎり正面で受け、そして右手に流す。

佳純が小手を狙ってきた。それを受けるなり、佳純が両腕を大きく上げた。

そのとき乳房の底が持ちあがり、腋のくぼみがあらわになった。甘い薫《かお》りが漂い、主水はくらっとなる。

しゅっと耳の横で大刀が風を切る。

主水はぎりぎり本能的にかわしていた。これまでの鍛錬の賜《たまもの》である。おなごの乳や腋のくぼみに惑いつつも、躰が動いていた。

佳純がすぐさま胴を狙ってくる。

主水はそれを受けると、佳純の美貌《びぼう》を狙う。

佳純が反射的に大きく大刀を振りあげ、美貌に迫る大刀を受ける。

主水は右の腋のくぼみに、切っ先を向けた。

汗で貼りついた和毛の数本を切った。

「あっ……」

それを感じた佳純が、両腕を上げたまま固まった。

「お見事です……参りました」

佳純の全身から甘い薫りが放たれていた。

主水は大刀を引いた。切っ先についた数本の和毛を見て、一気に勃起させていた。

二

鬼蜘蛛の手下である千鶴は、立見《たつみ》藩の江戸留守居役である田村豊乃介《たむらとよのすけ》に大川沿《おおかわ》いの船宿に呼ばれていた。

立見藩の藩主である野村憲吾《のむらけんご》が参勤交代で江戸に参るおり、神君家康《いえやす》公より拝領された筆を持参していると聞き、色右衛門が江戸留守居役を落とし、筆の在処《ありか》をつきとめるようにと千鶴に命じたのだ。

田村は美食家で知られ、千鶴は田村がよく通う料理屋に入りこんだ。そして女中として何度か膳《ぜん》を運び、酌《しやく》までしていた。

今宵は田村から指名を受けて、膳を運び、酌をしていた。

「口移しで飲ませてくれるか」

隣に侍《はべ》った千鶴に、田村がそう言った。

「私などが、お殿様に口移しなど……もったいないことです」

千鶴は酌をするとき、田村をお殿様と呼んでいた。

「構わぬ。ほら」

と、田村が酒を注《つ》がれたお猪口《ちょこ》を千鶴に渡す。千鶴は両手で受け取ると、あごを反らし、白い喉を田村に見せつけ、酒を口に含んだ。

そして、男殺しの妖艶《ようえん》な美貌を寄せていく。田村の口に唇を重ねると、田村が口を開く。千鶴は酒を注ぐ。そして、そのまま舌をからめていく。

「う、うう、うんっ」

酒の混じった唾《つば》を乗せた舌と舌をからめ合う。

これで田村は落ちた、と千鶴は思った。千鶴と口吸いをして落ちなかった男はこれまでいない。

田村は舌をからめつつ、身八つ口より手を入れてきた。

「ああ、いけません、お殿様……私はそういうおなごではありません」

千鶴は唇を引き、江戸留守居役の手をつかんでいた。

「わかっておる、わかっておるぞ」

と言いつつ、田村から口吸いを求めてくる。千鶴は拒《こば》むふりを見せつつも、唇を委（ゆだ）ねる。すると舌をからめつつ、田村が乳房をつかんできた。

豊満なふくらみに五本の指を食いこませてくる。

これで次はまぐわいたくなるだろう。じらしにじらしたら、千鶴の躰欲しさに、筆の在処も教えてくれるだろう。

「あ、ああ……お殿様……いけません」

唇を引くと、千鶴は火の喘《あえ》ぎを洩《も》らしていた。

そして、はやくもその数刻後に、千鶴は呼び出しを受けていた。

指定された船宿で訪《おとな》いを入れると、初老の男が出てきて、

「二階だ」

と告げた。千鶴はひとりで階段を上がり、突き当たりの襖《ふすま》の前で両膝《もろひざ》をつくと、

「千鶴です」

と、中に声をかけた。

が、返事がない。それどころか、

「あ、ああっ、お殿様っ」

と、おなごのよがり声が襖の向こうから聞こえてきたのだ。

どういうこと……別のおなごがいながら、私を呼び出したの……。

「千鶴ですっ」

もう一度、声をかける。すると、入れ、と田村から声がかかった。

失礼いたします、と言いつつ、襖を開く。と同時に、

「いい、いいいっ」

と、おなごのよがり声が大きくなった。

千鶴は目を見張っていた。

十畳ほどの座敷の真ん中で、田村がおなごとつながっていた。田村はあぐらをかき、その上に裸のおなごが乗っていた。乱れ牡丹《ぼたん》（背面座位）だ。

ふたりともこちらを向き、田村の魔羅が、おなごの女陰を貫通しているのが、はっきりとわかった。

おなごのよがり声が、さらに甲高くなる。

「なにをしている、千鶴。ほら、珠代《たまよ》のおさねを舐《な》めるんだ」

下から突きあげつつ、田村がそう言う。

「えっ……」

千鶴は今宵、田村としっぽりと濡れて、虜《とりこ》にさせるつもりで来ていた。それがどうだ。すでに田村はほかのおなごとまぐわい、おさねを舐めろと言う。ふたり

のまぐわいをより盛りあげるために、千鶴は呼ばれたのだ。

屈辱だった。千鶴は鬼蜘蛛として、これまで数えきれないくらいの男たちをその色香で落とし、引き込みにさせていたのだ。

千鶴と口吸いをして落ちなかった男はいなかったのだ。それがどうだ。盛りあげるために呼ばれている。

「どうした、千鶴。はやく来い」

ぐいぐいと珠代を突きあげつつ、田村が手招きする。そして、たわわな乳房を鷲《わし》づかみにして揉《も》みしだく。

「ああっ、お殿様っ」

珠代がこちらを見る。その潤《うる》んだ瞳は勝ち誇っていた。ほら、私のおさねを舐めて、もっと気持ちよくさせなさい、と言っていた。

千鶴は屈辱を噛《か》みしめる。帰ろう、と思った。いや、だめだ。江戸留守居役を落として、神君家康公より拝領された筆の在処を聞き出さなくてはならない。

このまま帰ったら、お頭に失望される。しょせんおまえは町人は落とせても、上級武士は落とせないのだな、と思われる。

千鶴の脳裏に、佳純が浮かぶ。生娘でありつつ、いや生娘であるがゆえに、女陰から男を狂わせる匂いを放つおなごの剣客。

千鶴が江戸留守居役を落とせなかったら、お頭は佳純を仲間に引きこもうとするだろう。そうなると、千鶴は捨てられる。そして、佳純が生娘のまま色右衛門の女となる。

いやだ。そんなのいやだっ。

「千鶴っ、なにをしているっ」

「はいっ……」

千鶴は座敷に入った。乱れ牡丹でつながっているふたりに近寄る。

すると、牡《おす》と牝《めす》の発情した匂いが鼻をつく。

魔羅が出入りしている穴は蜜《みつ》でどろどろだ。ここに顔を埋《うず》めて、珠代を気持ちよくさせるために、おさねを舐めるのだ。

私が……そのようなまねを……。

千鶴は顔を寄せていく。

牝の匂いが強くなる。

「はやく舐めて、千鶴っ」

と、珠代に呼び捨てにされる。千鶴は思わず、珠代をにらみつけた。

「なに、その目はっ」

千鶴はすぐさま珠代の恥部に吸いついた。おさねを口に含むと、じゅるっと吸う。

「ああっ、いいわっ」

すぐに、珠代の機嫌がよくなる。お頭によって鍛えられた舐め技を披露《ひろう》する。

ちゅうちゅうとおさねを吸っていく。

「あああっ、上手《じょうず》よっ、ああ、上手よ、千鶴っ」

「おう、女陰が締まるぞ」

田村がうめく。

「はあっ、いいわ。千鶴っ、ああ、もっと吸ってっ」

千鶴はおさねを吸いつつ、魔羅が出入りしている割れ目をなぞる。

「ああっ……」

「おう、たまらんっ。締まるぞ」

「上手よっ、千鶴っ」

このままいかせようかと思ったが、千鶴は唇を引いた。

「あんっ、なにをしているのっ」

と、珠代がむずがるような声をあげる。

千鶴は立ちあがると、小袖《こそで》の帯を解きはじめる。

「ああ、脱ぐのね。いいわよ。脱ぎなさい」

千鶴を見つめる珠代の目がとろんとなっている。

千鶴は帯を解くと、小袖を脱ぎ、肌襦袢《はだジュバン》も、躰の線に沿うようにして、下げていった。

たわわな乳房と絖白《ぬめじろ》い肌があらわれる。

それを見て、田村の目が光る。珠代もしっとりとした肌をしていたが、熟れたもちもちの千鶴の肌には敵《かな》わない。それに、乳房は珠代よりひとまわり豊満だ。

千鶴は田村を見つめつつ、腰巻も取った。

薄い陰りとともに、すうっと通ったおなごの割れ目があらわれる。

千鶴は割れ目に指を添えると、いきなり開いてみせた。

千鶴の女陰はすでにどろどろに濡れていた。幾重《いくえ》にも連なった肉の襞《ひだ》が、誘うように蠢《うごめ》く。

「おうっ、これは」

田村の視線が引きよせられる。

珠代を押しやるようにして、田村が魔羅を引き抜いた。

珠代の蜜でぬらぬらの魔羅が弾けるようにあらわれた。それ見て、千鶴の女陰が咥《くわ》えこみたそうに蠢く。

「ああ、これは……」

田村が魔羅を揺らして寄ってくる。

千鶴はさらに割れ目を開き、女陰の奥まで江戸留守居役に見せる。

田村は千鶴の足下に膝をつくなり、顔を寄せてくる。千鶴のほうから剝《む》き出しの女陰を田村の顔面に押しつけた。

ぬちゃり、と淫《みだ》らな音がした。

「う、ううっ」

田村がうめく。喜んでいるのは魔羅を見ればわかった。さっきよりひとまわり太くなり、鈴口《すずぐち》から大量の先走りの汁が出ている。

千鶴はさらに強く女陰を押しつけていく。

田村は逃げない。田村のほうからも顔面をぬかるみにこすりつけている。

「おう、おうっ……たまらんっ」

ようやく、顔を引いた。江戸留守居役の顔面が、千鶴の蜜まみれとなっている。

田村は獣の顔になっていた。その場に千鶴を押し倒すと両足をつかみ、ぐっと開いた。そしてすぐさま、魔羅の先端を閉じようとする割れ目に押しつけてくる。

「もう、入れるのですか。ああ、おしゃぶりさせてください」

と、千鶴が言うが、田村はそのままずぶりと鎌首《かまくび》をめりこませてきた。

「ああっ、なんて締めつけだっ」

鎌首だけしか入れていなかったが、田村はたまらんとうなる。腰を震わせている。

「お殿様……」

珠代は呆然《ぼうぜん》と田村を見つめている。

田村はさらに鎌首を入れてくる。ずぶずぶと奥まで突き刺してくる。

「ああ、お殿様っ」

千鶴も甘い声をあげる。

田村が一気に奥まで貫いた。

「ああ、魔羅が……ああ、魔羅が……とろけていくぞ」

田村が腰を震わせつづける。まだ、突いていない。入れただけだ。

「突いてください、お殿様」

「そ、そうだな……」

我に返った田村が、千鶴の女陰を突きはじめる。

「あっ、ああっ……」

突くたびに、たわわな乳房がゆったりと揺れる。

「お乳を……」

と、千鶴がねだる。

田村は上体を倒すと、揺れる乳房を鷲づかみにする。

「ああ、なんて乳だっ」

田村は嬉々《きき》とした顔で、ふたつのふくらみを揉みしだく。田村の手によって、熟れた乳房が淫らに形を変える。もちろん、揉み心地は極上だ。

「ああ、珠代にもください」

と、ずっと放《ほう》っておかれている珠代がじれて、千鶴の横で四つん這《ば》いになり、むちっと盛りあがった双臀《そうでん》を田村に突きつける。

が、田村はまったく珠代の尻に興味を示さない。おうおう、とうなりつつ、千鶴を本手《ほんて》で突きつづける。

「お殿様っ、珠代にもください」

すると、田村が千鶴の女陰から魔羅を引き抜いた。

「ああ、お殿様っ」

と、珠代がうれしそうに尻を振ったが、

「千鶴、尻を出せ」

田村は千鶴にそう言った。四つん這いの珠代を見て、千鶴に尻から入れたくなったようだ。

千鶴は起きあがると、勝ち誇った顔で珠代を見やり、四つん這いになる。そして、自慢の熟れうれの双臀を、江戸留守居役に突き出していく。

「おう、なんて尻だ」

田村が嬉々とした顔で、尻たぼを撫《な》でまわす。手のひらに吸いつく肌だ。

「お殿様っ、その魔羅を珠代にくださいっ」

うるさいぞっ、と田村が珠代の尻たぼをぴしゃりと張る。すると珠代は、あんっ、と声をあげて、尻を震わせる。

田村はぱしぱしと珠代の尻を張りつつ、千鶴の尻の狭間《はざま》に魔羅を入れてくる。

お殿様は私の女陰を選んだわ。まあ、当然だけれどね。

尻打ちにうめく珠代の真横で、千鶴の穴がうしろから埋められていく。

「おう、熱いぞっ、千鶴っ」

「ああ、たくましいです、お殿様っ」

千鶴はにらみつける珠美を余裕の顔で見つめつつ、魔羅で貫かれた双臀をうねらせる。女陰で強烈に締めつつ、尻もうねらせるのだ。

「おう、おうっ、たまらんっ」

田村はずっとうめいている。うめきつつ、珠代の尻たぼを張りつづけている。珠代の尻たぼは真っ赤だ。

「ああっ、出そうだっ」

と、田村が魔羅を抜こうとする。

「どうなされたのですかっ。千鶴に出してくださいっ、お殿様っ」

「いや、わしも年でな。一発出すと、勃《た》たぬのだ」

「千鶴が尺八《しゃくはち》をしてさしあげます。千鶴に吹かれれば、すぐに大きくなります。だから、中にお殿様の御種《おたね》をくださいませっ」

「そうかっ」

田村が、ふたたび突きはじめる。

「いい、いいいっ」

「おう、おうっ、出るぞっ」

「くださいっ。御種をくださいっ」

千鶴の中で、江戸留守居役の魔羅がさらに膨張し、そして爆《は》ぜた。勢いよく精汁が噴き出してきて、千鶴の子宮《こつぼ》をたたく。

三

「あっ、いく……いくいくっ」

千鶴はいまわの声をあげつつ、脈動する田村の魔羅を締めつづける。

「おう、おうっ」

田村は吠《ほ》えつづける。

「お、お殿様……」

隣で、珠代が呆然と田村を見つめている。いつもはこんなに吠えたりしないのだろう。

ようやく脈動が鎮《しず》まった。が、田村の魔羅は女陰に入ったままだ。

珠代が四つん這いの形を解き、つながっている千鶴の股間に顔を寄せてくる。

「出してください、お殿様。珠代がすぐに大きくさせてさしあげます」

自分の尺八で大きくさせて、入れてもらいたいのだろう。そんなことはさせないと、千鶴は強烈に締めていく。

「おうっ、なんて締めつけだ」

田村がうなる。

「そのまま、魔羅を動かしてください」

「こうか」

入れたまま、田村が魔羅を前後に動かす。すると、大量に出して萎《な》えかけていた魔羅が力を帯びてくる。

「出してください、こんな女の女陰に入れたままにしないでください、お殿様」

珠代は新参者に江戸留守居役の魔羅を取られてしまうのではないか、とあせっている。

もっとあせろ。

千鶴は心の中で笑いつつ、田村の魔羅を締めていく。このまま、珠代には渡さない。ずっと、私の女陰に入れておくのだ。

「ああ、抜かずの二発ができそうだぞっ、珠代っ」

田村が嬉々とした顔で、珠代にそう言う。

「うそ……」

「ああ、抜かずの二発だぞっ。おまえの女陰ではできなかったことだっ」

「そのまま、千鶴を突いてください、お殿様」

千鶴が首をねじって、うしろから入れている田村を妖《あや》しい瞳で見つめつつ、そう誘う。

「おう、突くぞっ、抜かずの二発をやるぞっ」

どうやら、ひと晩で一発で終わることを、ずっと気にしていたようだ。抜かずの二発ができることを、予想以上に喜んでいる。

田村が突きはじめた。

「ああっ、すごいですっ、お殿様っ」

最初から、千鶴はよがる。

「そうだろう。わしはそもそも何発でもできるのだ。これまではおなごが悪かっただけだな」

と言って、珠代を見やる。

「お、お殿様……」

珠代が泣きそうな顔をしている。

泣け、珠代っ。江戸留守居役の魔羅は私がもらったわっ。

「いい、いいいっ、魔羅いいのっ」

「そうであろうっ。ほらほらっ、もっと泣けっ」

突くたびに、田村の魔羅が力を帯びてくる。

「ああ、お強いですっ、あああ、お殿様、お強いですっ」

と、千鶴は叫ぶ。

「そうなのだ。本来、わしは強いのだっ。性豪なのだっ。ひと晩で一度しかできなくなったのは、おなごが悪かったからだっ」

と言って、田村が珠代をにらみつける。

「そのようなことは……」

珠代が必死の形相《ぎょうそう》で、千鶴を突いている田村の足にしがみついていく。

「邪魔するなっ」

と、田村が珠代を足蹴《あしげ》にする。あっ、と珠代が四つん這いの千鶴の横に崩れる。

「ほら、ほらっ、もっと泣けっ、千鶴っ」

田村の突きが激しくなる。ぱんぱんと尻たぼを張りはじめる。

「あんっ、やんっ、ああ、もっとっ、お殿様っ」

「こうかっ」

と、さらに張ってくる。

「珠代の尻も張ってくださいっ」

と、珠代が千鶴の横で四つん這いになり、まだ赤く腫《は》れている尻たぼをさしあげていく。

が、今度は張ってこない。千鶴をうしろ取りで突きつつ、千鶴の尻たぼだけを張っている。

「あ、ああっ、いきそうですっ」

「いいぞっ、気をやれっ」

「あっ、ああっ……いきます……ああ、どうか、お殿様も千鶴とごいっしょにっ、いってくださいっ」

「そうかっ、わしといっしょにいきたいか」

「はい、いきたいですっ」

「しかし、せっかく抜かずの二発ができているからな。ここで終わるのは惜しいな」

「ああ、三発できますっ。お強いお殿様なら、できますっ」

「そうかっ」

「はい、千鶴の女陰にお任せくださいませっ」

「よし、つづけて出すぞっ、千鶴に出すぞっ」

田村の腰の動きが激しくなる。

隣では、珠代が虚《むな》しく尻をうねらせている。

「ああ、いきそうですっ」

「出るぞっ、ああ、また出るぞっ」

「くださいっ」

と、千鶴は江戸留守居役の魔羅を強烈に締めつける。

「おうっ」

田村がまた吠えた。抜かずの二発目を千鶴の女陰にぶちまける。二発目だったが、大量の飛沫《しぶき》が襲ってくる。

「いく、いくっ」

千鶴は四つん這いの裸体を突っぱらせ、気をやる。絖白い肌はあぶら汗でぬらぬらとなっている。全身から、発情した牝の匂いが放たれている。

田村が勃起しつづけるのは、女陰の締めつけも凄《すさ》まじかったが、男を狂わせる体臭の力も大きかった。

たっぷりと出すとさすがに魔羅が抜けていく。大量の精汁とともにあふれ出た魔羅にすかさず珠代がしゃぶりついていく。

田村の精汁だけではなく、千鶴のいき汁もたっぷり塗《まぶ》されていたが、関係なく、一気に根元まで咥えて吸っていく。

が、大きくなるどころか、どんどん縮んでいく。

「うう、うんっ、うんっ」

珠代が懸命に吸えば吸うほど萎えていく。

「どいて、珠代」

と、千鶴が珠代を呼び捨てにして、肩をつかむ。どかそうとするが、珠代は田村の魔羅に吸いついたまま離れようとしない。

すると千鶴が立ちあがり、田村に向けて精汁まみれの割れ目を開く。女陰全体で、奥まで注がれた精汁を押し出してみせる。

「う、ううっ」

珠代がうめいた。うれしそうな横顔を見せる。田村の魔羅が力を帯びはじめたからだ。

が、それは珠代の尺八のせいではない。

「ああ、なんて女陰だっ。ああ、入れたい。また入れたいぞっ」

牡を誘う肉襞の動きに、田村が見入っている。そして、珠代の口から魔羅を抜いた。すでに七分まで勃起を取り戻していた。

「千鶴がもっと大きくしてさしあげます」

と言うと、珠代の唾まみれとなった魔羅にしゃぶりついていった。

根元からじゅるっと吸うと、

「おうっ、たまらんっ」

と、すぐさま完全な勃起を取り戻した。

四

佳純は矢島堅三郎《やじまけんざぶろう》と向かい合っていた。お互い正眼に竹刀を構えている。

ここは年に一度行われる藩の剣術大会の決勝の場であった。貴賓席には、真鍋《まなべ》藩主である真鍋吉高《よしたか》、国家老ほか、藩の主だった者が列席していた。

国家老の矢島堅呉《けんご》は堅三郎の父であった。

この勝負で勝った者が、次期剣術指南役に選ばれることになっていた。

佳純ははじめてこの大会に参加した。おなごの身でありながら、次々と腕自慢を倒し、民の喝采《かっさい》を一身に浴びていた。

そして決勝。水を打ったような静けさと緊張感のなか、佳純は一気に迫った。

「面っ」

それは受けられた。堅三郎の小手が飛んできた。佳純はそれを避けて、胴を払った。それも堅三郎が受け、弾き返した。

ふたりは離れた。ふたたび正眼で構え合う。堅三郎とは藩の道場で数えきれないくらい竹刀を合わせていた。力は互角。いや、わずかに佳純が上だった。

最後の瞬間は忘れない。

お互い、面を打った。佳純の竹刀の先がほんのわずか、堅三郎の竹刀の先より額に届いていた。

あの瞬間、空気が凍りついた。

大変なことをしてしまった。

佳純ははっとなり、目を覚ます。

大量の寝汗をかいていた。

佳純は起きあがると、寝巻を脱いだ。形よく張った乳房があらわれる。ふくらみにはぎっしりと汗の雫《しずく》が浮きあがっている。

それが次々と深い谷間に流れこんでいく。乳首は恥ずかしいくらいとがっている。

このところ、頻繁にこの夢を見た。

佳純は勝負に勝ったが、剣術指南役の座は国家老の三男に与えられた。

そのあと、佳純は色じかけで勝ちつづけたという噂《うわさ》が流れ、それに怒った父が、噂を流した当人である堅三郎に斬りつけ、藩を追われたのだ。

あのとき、わざと負けるのがおなごの剣客としてのたしなみであったのか……。

勝ったばかりに、父とともに藩を追われ、江戸まで来て、父は病で亡くなってしまった。

「どうしたら……よかったのでしょうか……父上……」

天井裏にひと気を覚えた。

曲者《くせもの》っ、と思った刹那《せつな》、天井が開き、黒装束の賊が飛び降りてきた。

不意をつかれた佳純は、床の上に押し倒された。

「ああ、佳純……ああ、この汗の匂いだ、佳純っ」

「色右衛門っ」

鬼蜘蛛の頭である色右衛門が、汗まみれの乳房に顔を押しつけていた。

黒装束であったが、顔はまる出しであった。こうして乳房に顔面を押しつけるために、まる出しにしていたのか。

「おう、おうっ、佳純っ」

色右衛門は乳房の匂いを嗅《か》ぎつつ、股間を佳純の股間にこすりつけてくる。

「色右衛門っ、離れろっ」

色右衛門はたんなるおなご好きの変態ではない。佳純の手によりほとんど壊滅させたが、江戸中を震えあがらせた盗賊の頭である。

それゆえ、ただ乳房に顔面を押しつけているのではなく、覆《おお》いかぶさった刹那、佳純の両腕を両手で押さえつけ、両足にも両足をからめて、がんじがらめに押さえつけていた。

佳純は刀を持てば、色右衛門など相手ではないが、素手ではただのおなごにすぎない。

「ああ、たまらぬ。いつも寝姿をのぞいていたのだが、汗まみれの乳を出されては、もう我慢ならなかったぞ、佳純」

「いつも……のぞいていた……」

「そうだ。おまえの寝姿はなんともそそるのだ」

だから、このところ剣術大会という悪夢を見ていたのか。

色右衛門に天井からずっと寝姿を見られていたと思うと、鳥肌が立つ。

腰巻越しに、硬いものを感じる。勃起させているのだ。

「ああ、腋だ。腋から、たまらぬ匂いがするぞ」

佳純は両腕を上げた形で色右衛門に押さえつけられていた。それゆえ、腋のくぼみもあらわになっていた。そこも乳房同様、汗をかいていた。和毛がべったりと貼りついている。

色右衛門がそこに顔を埋めてくる。

「やめろっ、やめるのだっ、色右衛門っ」

「うん、うんっ、うんっ」

色右衛門はうなりながら匂いを嗅ぎ、そして股間を佳純の恥部にこすりつけてくる。

色右衛門が顔を上げた。

「ほう、乳首が欲しそうにひくついているではないか、佳純」

そう言うなり、佳純の乳首に吸いついてきた。

「やめろっ」

色右衛門が乳首をちゅうちゅう吸いはじめる。

どうにかして、逃れようとするが、両手両足をがっちりと押さえつけられていて、身動きできずにいる。

なんて力なのか。佳純の躰を堪能《たんのう》したい一心で、力が出ているのか。

色右衛門は右の乳首から口を引くなり、左の乳首に吸いついてきた。

その刹那、甘美な刺激を覚えた。

「あんっ……」

あまりに不意をつかれ、佳純は甘い声を洩らしてしまった。

その声自体に、佳純は驚いた。色右衛門はそのまま左の乳首を吸っている。

「あ、ああ……」

感じていた。色右衛門の乳首吸いに、佳純の躰が反応しはじめていた。

そもそも佳純の躰を感じやすくしたのは、色右衛門である。ひと月前、佳純を捕らえ、隠れ家へと連れ去り、そこで、しつこく佳純の躰を舐めまわしたのだ。

あのとき、佳純は生娘でありつつ、気をやっていた。女陰からは男を狂わせる匂いを出していた。

色右衛門はしつこく乳首だけを吸ってくる。このしつこさが、佳純の躰を淫らに変えてしまうのだ。

「はあっ、ああ……あんっ……」

唇を噛みしめるが、それよりも甘い刺激に声が出てしまう。

色右衛門は乳首を吸いつつ、強く股間をこすりつけてくる。すると、腰巻越しにおさねを突かれた。

「やんっ……」

佳純の唇から、甘い喘ぎがこぼれた。

おさねに当たっていると気づいたのか、色右衛門は乳首を吸いつつ、硬いものでおさねを押してくる。

「やん、あんっ……はあっんっ……」

なんて男なのか。両腕と両足は佳純を押さえつけるために使っているため、口と股間だけで、佳純に刺激を与えているのだ。それで感じさせている。

佳純の肌から、甘い体臭が立ちのぼりはじめる。

さっきまでの寝汗とはまた違った、男の股間を直撃する匂いであった。

当然、色右衛門の股間も直撃していた。

「ああ、たまらんっ。ああ、女陰の匂いを嗅ぎたいぞっ」

色右衛門が乳房から顔を上げて、そう叫ぶ。股間でぐりぐりとおさねに刺激を与えつづけている。

「はあっ、ああ……ああ……」

佳純は火の喘ぎを吐きつづけている。色右衛門をにらみつけているつもりだったが、きっと色右衛門を喜ばせるような目つきになってしまっている気がした。

「ああ、嗅ぎたい、嗅ぎたいっ」

反撃の機会が来ると、佳純は思った。

女陰の匂いを嗅ぐには、佳純の両手から手を離さなければならない。そのとき、反撃できる。それは色右衛門も重々わかっているから、押さえつけている両手を離せずにいるのだ。

その間も佳純の発情した白い躰から、甘い体臭が立ちのぼりつづけている。

「ああっ、我慢できんっ」

そう叫ぶと、色右衛門が佳純の両手から手を引いた。佳純はすばやく上体を起こした。

色右衛門に向かって握り拳《こぶし》を突き出したが、あっさりとつかまれ、ひねられる。

「うっ」

「無駄なことはするな。折れるぞ」

色右衛門は佳純の右手の握り拳をつかんだまま、顔面を下げていく。

「腰巻を取れ」

「できないっ」

と言うと、色右衛門が右手の握り拳をひねりはじめた。

「やめろっ」

手首が折れそうになる。右手首を折られたら、剣客として終わりだ。

佳純は女陰の匂いを嗅がれることよりも、手首を折られることをいやがった。

「取ります……手首は折らないで」

「よし。取れ。はやく見せろ」

佳純の右手の握り拳を強烈な力でつかんだままだ。これも、佳純の女陰の匂いを嗅ぎたい一心なのだ。それゆえ、ふだんの数倍の力が出ているのだ。

佳純は恨めしげに色右衛門を見つめつつ、左手で腰巻を脱いでいく。

下腹の陰りがあらわになった。

佳純の生娘の秘溝はぴっちりと閉じている。それでいて、腰巻を取った刹那より、男たちを惑わす匂いが醸《かも》し出ていた。

色右衛門は鼻をくんくんさせている。

「開け。割れ目を開いて、女陰を見せろ、佳純」

「色右衛門、おまえが自分で開け」

「大事な右腕を折られてもいいのか」

と、色右衛門がつかんだ右手の握り拳をひねりはじめる。

「待てっ……開くっ」

佳純は自由な左手の指を、自らの割れ目に添える。

色右衛門のために、開帳するのは最悪だったが、手首を折られるよりはましだ。

割れ目を開くと、桃色の花びらがあらわれる。

すると、色右衛門の目の色が変わった。握り拳をつかむ力がわずかにゆるむ。

もう少しだ。色右衛門を私の女陰で骨抜きにして、そして反撃するのだ。

佳純はさらに割れ目を開いていく。

「あ、ああ……なんてきれいなのだ……ああ、いい匂いがする。たまらんっ。ああ、もう我慢できんっ」

　色右衛門が佳純の女陰に顔面を埋めてきた。

「うんうん……うう、ううっ」

　色右衛門の鼻が佳純の女陰に埋もれていく。

　佳純はおぞましさに耐える。もう少しだ。もう少しで隙《すき》だらけになる。

　色右衛門が顔を上げ、すぐに花びらに舌を入れていった。ぞろりと舐めてくる。

　すると、目の眩《くら》むような快感が佳純の躰を走った。

「あっ、あんっ」

　佳純の躰から力が抜けていく。

　色右衛門はぞろりぞろりと肉襞を舐めつつ、左手でおさねを摘《つ》まむと、ひねってきた。

　快美な刺激が走り、

「ああっ」

　と、佳純は甲高い声をあげた。右手の握り拳をつかむ色右衛門の手の力は弱まっていたが、それよりも、佳純の躰から抗《あらが》う力が抜けつつあった。

「はあっ、ああ、やんっ、あんっ」

女陰舐めとおさね責めに、佳純の躰はとろけていく。生娘のまま、佳純の躰を開発したのは、色右衛門なのだ。

ああ、真之介様……ああ、色右衛門で感じてしまう……ああ、佳純をおゆるしください……。

佳純は真之介を好いていた。真之介も佳純を好いている。このひと月の間で、結ばれてもよかったが、新米同心は迫ってこない。

それでいて、阿片《アヘン》に溺《おぼ》れた男からおなごを救ったおり、公衆の面前で、佳純の唇を奪ってきた。

そんな大胆なことをしつつも、佳純自身は奪わない。

「ああ、どんどん蜜が出てくるぞ。牡を狂わす蜜だ」

いつの間にか、佳純の握り拳から色右衛門の手は離れていた。

今だ、反撃だ、と思った刹那、じゅるっとおさねを吸われた。

「はあっんっ」

佳純は腰を浮かし、汗ばんだ裸体をひくひくさせる。

色右衛門はおさねから口を引くと、すぐに花びらを舐めはじめる。と同時に、おさねを撫でてくる。

「はあっ、ああ……ああ……」

「ああ、たまらん。ああ、入れたくなる。魔羅を入れたくなるっ」

色右衛門には、何度も佳純の生娘の花を散らす機会はあったが、散らさなかった。色右衛門は佳純を鬼蜘蛛の仲間にしたいと思っているようだ。この生娘の花びらから出てくる牡を狂わせる匂いで、大名のような大物を虜にさせて、お宝をものにしたいようだ。

佳純の女陰から出ている匂いは、生娘ゆえの匂いだと色右衛門は思っている。それはどうなのか、佳純もわからない。

「もう、我慢できんっ」

色右衛門が佳純の女陰から顔を引いた。そして、黒装束の股間に手を向ける。今だっ。

佳純は起きあがり、股間から魔羅を出そうとしている色右衛門のあごに蹴りを入れた。

見事にあごに炸裂《さくれつ》し、魔羅を出すことに気を取られていた色右衛門がひっくり返った。

佳純はすぐさま刀かけに走った。鞘ごと取ると、すらりと大刀を抜いた。

「色右衛門っ、これまでだっ」

お椀形の乳房を弾ませ、色右衛門に迫る。

色右衛門は一瞬、弾む乳房に見惚《みと》れていた。

刃が迫り、あわててさっと避ける。それでも、色右衛門の目は弾む乳房から離れない。

「色右衛門っ」

佳純は色右衛門に刃を向ける。正眼より、右、左と振り下ろす。

が、名をはせた盗賊だけのことはあり、疾風のごとき刃も、きわどくかわしている。

色右衛門は身を翻《ひるがえ》すことなく、佳純の刃を避けつづける。大刀を振るたびに、大きく弾む乳房を食い入るように見ている。

「ここまでだっ」

と、佳純は一気に迫り、腹を狙った。

ぎりぎりで、色右衛門が飛んだ。刃が空を切る。

一気に下がった色右衛門は、

「いいものを見せてもらったぞ。また会おうぞっ」

と言うなり、身を翻し、庭から出た。

「待てっ」

佳純は裸のまま色右衛門を追う。色右衛門は生け垣を難なく跳び越え、往来に出てゆく。

佳純も裏の戸を開き、往来に出た。

が、色右衛門の姿は遠く離れていた。

「色右衛門……」

佳純はたわわに実った乳房から無数の汗を流しつつ、離れていくうしろ姿をにらみつづけた。

五

「菜美をおねがいします」

と、佳純に頭を下げると、由紀は手習所《てならいどころ》を出た。

踊りの師匠の家に向かう。

由紀は蠟燭《ろうそく》問屋益田屋の長女だ。子供は娘ばかりしかおらず、いずれ由紀が婿《むこ》養子《ようし》を取ることになっている。

同じ蠟燭問屋津島屋《つしまや》の次男の牧次郎《まきじろう》だ。牧次郎は優男で、悪い男ではない。

これまでは格別ほかに好きな男もいなかった由紀は、近いうちに牧次郎の妻になると想像していた。

が、由紀の心は乱れていた、剛吉に助けてもらってから。


数日前、踊りの師匠宅に向かう途中で四人のごろつきたちにからまれた。美形の由紀はたまにからまれることがあった。

いつもはすばやくごろつきたちから離れ、難を逃れるのだが、この前は、いきなり腕をつかまれ、口を塞《ふさ》がれ、あっという間に廃寺の境内《けいだい》に連れこまれてしまったのだ。

あまりに手慣れていて、由紀は犯されてしまう、と恐怖を覚えた。

本堂に引きずりこまれそうになったとき、ずっと腕を引いていた男の手が離れた。そして、口を押さえていた手も離れた。

振り向くと、ごろつき以外の男が立っていた。

「この野郎っ」

と、別のごろつきがその男に殴りかかったが、男はすばやく避けて、ごろつきの腹に握り拳を食いこませた。

ぐえっ、とごろつきが倒れた。すでに、腕をつかんでいたごろつきも、口を塞いでいたごろつきも地面に伸びていた。

四人目のごろつきが男に殴りかかる。すると、ごろつきの腕より先に男の握り拳があごに炸裂した。

「ぐえっ」

と、四人目のごろつきも、あっさりと崩れた。

「大丈夫かい、お嬢さん」

男が笑みを浮かべた。優しい笑みだった。なにより色男だった。

「ああっ」

犯されてしまう恐怖を覚えていた由紀は、助けてくれた男に思わずしがみついていった。

「もう、大丈夫だぜ」

色男は優しく由紀を抱き止め、背中をさすってくれた。

由紀は色男の胸もとで泣いていた。泣きながら、さらに強くしがみついていた。

色男が由紀のあごを摘まみ、うわむかせた。

色男は由紀の瞳から流れる涙の雫を拭《ぬぐ》い、

「剛吉だ」

と名乗った。

「由紀といいます」

「由紀さんか、素敵な名前だ」

あのとき、しばらく見つめ合った。由紀は口吸いされると感じた。口吸いの経験はなかった。はじめての相手が剛吉ならいいと思った。

実際、剛吉の口が迫ってきた。

由紀は瞳を閉じて待った。

が、剛吉は由紀の唇は奪わず、去っていった。


「……剛吉さん……」

ごろつきにからまれた廃寺が近づくと、胸が高鳴ってくる。今日こそ会えるのではないか、と淡い期待を抱いてしまう。

廃寺の山門の前で立ち止まった。境内をのぞくと、由紀の躰が瞬《また》く間に熱くなった。

「剛吉さん……」

「由紀さん」

剛吉が近寄ってくる。

「由紀さんに会いたくて、ここで待っていたんです」

剛吉がそう言う。

「ああ、あたしも、ずっと剛吉さんに会いたかったっ」

剛吉が由紀の細い躰を抱きよせた。由紀は廃寺の境内で、剛吉に抱きつく。

見あげると、剛吉が優しい目で見つめていた。あごを摘まれた。

口吸いっ……。

いいの、と告げるように、由紀は瞳を閉じる。

心臓が高鳴る。ふと、婿養子になるという話の牧次郎の顔が浮かぶ。牧次郎が悲しそうな顔をする。

いいのだろうか。牧次郎を婿養子に迎えるのに……剛吉と……。

やはりだめ、と言うように瞳を開いた。すると、剛吉の口が迫っていた。

ああ、だめ、と目を閉じた刹那、唇を奪われた。

そのとたん、由紀の躰は痺《しび》れていく。

ただ唇と口を重ねているだけだったが、由紀はくらくらとなっている。好いた男との口吸いは、こんなに躰が熱くなるものなのか。

剛吉の口が離れた。

由紀は自然と唇をわずかに開いた。するとまた、剛吉が口を重ねてきた。今度は舌が入ってきた。

剛吉の舌とおのが舌をからめた刹那、由紀の頭は真っ白になった。

第三章　女郎蜘蛛《じょろうぐも》の罠《わな》

一

大黒屋の番頭の茂吉は千紗の店に毎晩通っていた。

千紗の店はすぐに評判となり、瞬《また》く間に常連であふれるようになった。今も、三つの食台に六人の客が座っている。その中に、茂吉もいた。

当たり前だが、千紗はみなに愛想がよかった。酒のお代わりを頼むと、千紗が侍《はべ》り、酌《しゃく》をしてくれる。おまえもどうだ、と言うと、千紗はお猪口《ちょこ》で酒を受け取り、客が見ている前であごを反らして、なんとも色っぽく酒を飲む。

そんな姿を見ていると、茂吉は悋気《りんき》で変になりそうになる。

「湯屋にはなかなか行けないんですよ」

と、同じ食台の常連客と千紗が話している。その横顔を見ながら、茂吉は手酌で酒を飲んでいる。

「夕方まではお店のしこみがあるし、夜はお店があるでしょう。お店が終わった頃には、湯屋は閉まっているし」

「じゃあ、どうしているんだい」

と、常連客が聞く。

「お店の奥の庭で、行水しているんです」

「庭で、行水か……」

「はい」

と言って、千紗が茂吉を見た。ときおり、ほかの客と話しながら、千紗は茂吉を見る。そのたびに、どきりとする。いや、そのたびに勃起させていた。

もしかして、千紗は俺に気があるのではないか。ほかの客と話していても、俺に色目を使っているのが、なによりの証《あかし》ではないのか。

いや、自分にいいように考えすぎだ。俺が元武家の美人に惚《ほ》れられるわけがないじゃないか。

「裸だよな」

「当たり前ですよ」

と言いつつ、また千紗は茂吉に流し目を送ってくる。

「もう一本」

と、茂吉は常連客との話を遮《さえぎ》るように注文する。

はい、千紗が返事をして立ちあがる。新たな徳利を持って、戻ってくる。茂吉の隣に座ると、どうぞ、と徳利を傾けてくる。

お猪口で受ける。千紗が美貌《びぼう》を茂吉の耳もとに寄せてきた。そして、

「洗ってくれますか」

と聞いてきた。

「えっ……」

と、茂吉は千紗を見る。

が、そのときは千紗は別の客に呼ばれて、離れていた。

「ありがとうございました」

三人連れの客が帰ると、茂吉だけとなった。

千紗は外に出て見送ると、暖簾《のれん》を手に入ってきた。

「店じまいかい」

茂吉も立とうとした。

「茂吉さんはまだいてくださいな」

と、千紗が言う。戸締まりをすると、一気に空気が濃くなる。

千紗が寄ってくる。そして茂吉のあごを摘《つ》まむと、いきなり唇を重ねてきた。

あっ、と思ったときには、舌がぬらりと入っていた。舌がからまった刹那《せつな》、茂吉の躰《からだ》がとろけていく。

千紗は舌をねっとりとからませる。唾《つば》が甘い。喉に流すと、躰の内側から熱くなっていく。

もちろん、勃起させていた。それどころか、口吸いをしているだけで射精しそうな気がしてくる。いい年をして、おなご知らずのようになる。

やっと、千紗が唇を引いた。

「洗ってくれますね」

と、千紗が言う。

「い、いいのかい……あっしなんかで……」

「茂吉さんだから、おねがいするんですよ……千紗のすべてをお見せするんですよ」

千紗のすべて……行水するから裸になるのは当たり前だが……すべてというの

は、それだけの意味だろうか。

夜叉姫には気をつけるんだ。あいつらは、引き込みを作ろうと、あらゆる手を使ってくるからな。うちのような大店《おおだな》は狙《ねら》われやすい。

今朝も主人がそう言っていた。

これは罠《わな》ではないのか。茂吉はこれまでおなごのほうから言いよられたことはない。ふたりのおなごとつき合ったが、茂吉から言いよっていた。

おなごのほうから、しかも千紗のような美形のいい女から、行水の手伝いを誘われるなんて……。

「どうしましたか。気が乗りませんか、茂吉さん」

「い、いや……そういうわけではないんだが」

「無理におねがいしませんよ。千紗はしつこく頼むことなく、あっさりと背を向けた。

妖艶《ようえん》な笑みを向けると、千紗はしつこく頼むことなく、あっさりと背を向けた。

白いうなじが妖《あや》しく浮かびあがる。うなじが、むちっとした腰つきが誘っている。

茂吉は生唾を飲みこむ。

千紗が奥へと消えた。

二

真之介は夜道を歩いていた。南町奉行所は月番でなく、同心の象徴である黒羽織は羽織らず、着流しで歩いていた。

するとむこうから三人組の町人があらわれた。かなりご機嫌のようだ。

「いやあ、千紗の女将《おかみ》、いいおなごだよな」

「ああ、しかし、毎晩行水とはな」

「確かに夕方からは行けないだろうが、その前に行けばいいのにな」

「今頃、行水しているのかな」

「ちょっと裸を拝みに戻ろうか」

と、ひとりの町人が戻ろうとする。

「やめておいたがいいぞ。奥から情夫《いろ》が出てくるかも」

「そうだな。あんないい女に男がいないはずないよな」

「それに、もしかしたら、夜叉姫かもしれないぞ」

「夜叉姫……なんでだい」

「だって、夜叉姫の頭《かしら》は股間に女郎蜘蛛《じょろうぐも》の彫物があるらしいぜ。それを見られたら困るから、湯屋には行っていないのかもしれないぜ」

「まさか……あの女将が……ありえねえ」

「まあな」

「明日もはやいぜ。帰ろうぜ」

三人組が真之介のわきを通りすぎていく。

千紗。確か、最近できた店だ。のぞいてはいないが、気づいてはいた。

女将が湯屋に行っていない。行水だけ。

真之介は今日も湯屋の天井裏から、女湯をのぞいていた。いや、監視していた。数えきれないくらいおなごの裸を、いや股間を見てきたが、女郎蜘蛛の彫物をしているおなごはいなかった。そもそも、夜叉姫が湯屋に来るわけがないのだ。

あの酔っぱらいたちが言うように、女郎蜘蛛を見られたら困るから、湯屋には行かないはずだ。

行水しかしない飲み屋の女将。

真之介は千紗に向かった。

どうする。このまま帰ってしまったほうがいい。俺なんかが、千紗のようなおなごに惚れられるわけがない……これは罠だ……。

いや、そうだろうか。考えすぎじゃないか。本当に惚れられていたらどうする。千載一遇《せんざいいちぐう》の機会をみすみす逃すことになる。

奥からざぶんと水を流す音がした。

もう脱いだのだ。奥に裸の千紗がいる。しかも、茂吉に洗ってほしい、と言っている。お互い大人の男と女だ。洗うだけではすまないだろう。

茂吉は奥へと進む。奥の戸は開いていた。そこから庭が見える。

「ああ……千紗さん……」

千紗は広めの盥《たらい》の上に膝立《ひざだ》ちになっていた。こちらに背中を向けている。すでに裸であった。

月明かりが千紗の裸体を白く浮かびあがらせている。

尻はむちっと盛りあがり、谷間が深い。

千紗が盥から桶《おけ》に水を汲《く》み、肩から流していく。

「ああ……きれいだ……」

背中から尻にかけて、千紗の柔肌が濡れていく。

「茂吉さん、見たいですか」

と、背中を向けたまま、千紗が聞いてくる。もう視線で、茂吉がいるのに気づいていたようだ。

「えっ……そ、そうだな……み、見たいな……」

「いいですか」

「えっ……」

「見てもいいですか。覚悟はありますか」

背中を向けたまま、千紗がそう言う。

「か、覚悟……」

どういう意味だ。夜叉姫の頭は絹といい、股間に女郎蜘蛛を彫っているといわれている。

千紗の股間に女郎蜘蛛があるのか。いや、覚悟とはそういう意味ではなく、私を抱く覚悟があるかという意味なのではないのか。

わからない。茂吉は混乱する。

千紗が裸体を動かしはじめた。こちらを向く。

いいのかっ。俺に覚悟はあるのかっ。

千紗が正面を向いた。たわわな乳房に圧倒される。見事な巨乳だ。股間は両手で隠していた。恥ずかしいからか、彫物があるからか、わからない。千紗の顔を見ると、頰《ほお》が赤く染まっている。恥じらっているのだ。恥ずかしいから恥部を隠しているのだ。それはそうだろう。ふたりきりの場で、千紗だけ裸なのだから。

自分も脱いだほうがいいのではないか。背中を流すなら、着物が濡れてしまう。

「あっしも脱ぐよ……」

そう言うと帯に手をかけ、着物を脱ぐ。すぐに褌《ふんどし》だけとなった。

そうなると、まぐわいが近くなる。男と女が裸でいれば、まぐわいになるのが自然だ。

褌に手をかけ、ためらう。

千紗は相変わらず、恥部だけを隠している。

茂吉は迫った。

「背中を洗わせてくれないか」

と言った。声がうわずっている。はい、と千紗が背中を向ける。華奢《きゃしゃ》な背中だ。

それでいて、双臀《そうでん》はむちっと熟れている。

思わず、茂吉は千紗の尻に触れていた。

目を見張った。手のひらが尻たぼに吸いついていくのだ。

一度千紗の柔肌に触れてしまったら、もうあと戻りはできないと思った。

手を引け。はやくここから立ち去れっ。

茂吉はもう片方の手も尻たぼに置いていた。左右の手のひらで、あぶらの乗った双臀を撫《な》でていく。

「ああ、お乳も……」

と、千紗が言う。茂吉は尻たぼから手を引くと、背中から手を伸ばしていく。

そして背後から抱きしめるように、千紗の乳房をつかんだ。

「ああ……」

千紗の裸体がぴくっと動く。

「なんて大きいんだ」

千紗の乳は豊満なので、茂吉の手のひらではまったく収まりきれない。

ぐぐっと五本の指を豊満なふくらみに食いこませる。

とがった乳首を手のひらで押しつぶすと、

「はあっんっ」

と、千紗が甘い声をあげる。と同時に、汗の匂いが立ちのぼってくる。千紗は湯屋に行っていない。一日働いたおなごの匂いだ。

茂吉は背後より乳房を揉《も》みつつ、うなじに顔を押しつける。

「ああ、茂吉さん……」

茂吉の顔面が甘い汗の匂いに包まれる。

「千紗にも……洗わせてください」

と、千紗が言う。

「洗う……」

「魔羅《まら》を……お口で……洗わせてください」

背中を茂吉に委《ゆだ》ねたまま、千紗がそう言う。

「尺八《しゃくはち》を……吹いてくれるのか……」

「はい……」

とうなずく。

尺八を吹くには、正面を向かなければならない。千紗の恥部がわかってしまう。

万が一、女郎蜘蛛の彫物があったら……。

「もう店じまいか」

真之介は千紗の店の前に来ていたが、すでに掛行灯《かけあんどん》の火は消され、暖簾も下げられていた。

奥からざぶんと水の音がした気がしたが、真之介はそのまま離れた。


千紗が正面を向いた。相変わらず、両手で恥部を隠している。

「魔羅、見せてくださいな」

恥じらいつつも、そう言う。

その前に、股間を見せてくれ、と言いたかったが、どうしても言えない。

「私に洗ってほしくないのですか」

と、千紗が悲しそうな顔をする。

「い、いや……」

茂吉は褌に手をかけ、引き剝《は》いだ。弾《はじ》けるように勃起させた魔羅があらわれた。

先端は我慢汁で真っ白だ。

「あら、我慢のお汁がたくさん……」

と言うと、千紗が大きめの盥の中で片膝をついた。

千紗の美貌が魔羅に迫る。するとそれだけで、魔羅がひくひく動く。

千紗は変わらず、両手で股間を覆《おお》っている。魔羅をつかむことなく、すうっと唇を寄せてきた。

そして舌をのぞかせると、ぺろりと裏すじから舐《な》めあげてきた。

「ああっ……」

ぞくぞくとした快感に、茂吉は腰を震わせる。

千紗は裏すじだけを何度も舐めあげてくる。しかも、妖しく潤《うる》ませた瞳で茂吉を見あげながら、舐めつづけている。

「あ、ああ……ああ……」

魔羅がとろけそうだ。気持ちよくて、おなごのように声をあげつづけている。

我慢汁がさらにあふれ、裏すじまで垂れていく。それを、千紗が舐めていく。

桃色の舌が白く染まる。

「ああ、舐めてくれ……」

「どこをかしら」

裏すじを舐めつつ、千紗が聞いてくる。

「ああ、先っぽを……ああ、先っぽを舐めてくれっ」

「それが、人にものを頼む言いかたかしら」

「えっ……」

千紗の目つきが変わりはじめている。妖しい瞳の奥に、今まで見たことがない、不気味な光が宿りはじめている。

やはり、このおなごは夜叉姫なのではないのか……だから、ずっと股間だけを隠しているのではないのか……。

逃げろ、はやくここから逃げろっ。

「どこを舐めてほしいの」

千紗が聞いてくる。

「あ、ああ……先っぽを……舐めてください」

茂吉は敬語を使っていた。

「おねがいしますは」

と、千紗が言う。

「お、おねがいします……ああ、おねがいしますっ、我慢汁を舐めてください」

茂吉は叫んでいた。

すると、千紗がいきなりぱくっと鎌首《かまくび》を咥《くわ》えてきた。じゅるっと吸ってくる。

「ああっ」

茂吉は躰を震わせた。鎌首が千紗の口の中でとろけていく。とろけてなくなってしまうような錯覚を起こす。

千紗はそのまま、反り返った胴体まで咥えてくる。一気につけ根まで呑《の》みこむと、頬を窪《くぼ》め、吸ってくる。

「ああっ、ああっ」

茂吉は叫んでいた。これまでの人生で、尺八されただけで叫ぶことはなかった。はじめてだった。

「うんっ、うっんっ」

千紗が美貌を上下させる。それにつれ、巨乳がゆったりと揺れる。

はやくも出そうになってきた。それを察知したのか、千紗が唇を引きあげた。

唾まみれとなった魔羅が弾ける。

千紗が立ちあがった。

「お口だけじゃ、つまらないでしょう」

と、千紗が言う。

「そ、それって……」

「女陰《ほと》に入れたいでしょう」

「ほ、女陰に……」

茂吉は千紗の股間を見た。相変わらず、両手で隠している。

もう恥ずかしいからではないと思った。

あるのだ、夜叉姫の証が……。

「出すのなら、私の女陰の中がいいでしょう」

「千紗さんの女陰の中に……出す……」

女陰に出すには、女陰に入れなくてはならない。そのためには、両手を恥部からずらしてもらわないといけない。

女郎蜘蛛を見たら、どうなるのか。なにもなしに、尺八をしたわけではない。

女陰に中出しさせるわけではない。

見た刹那、夜叉姫から逃げることはできなくなる。引き込みに落ちるしかなくなる。

だめだっ。逃げるのだっ。まだ間に合う。

「女陰に入れたくないのですか、茂吉さん」

魔羅はずっとひくひくしている。あらたな我慢汁が出てきて、はやくも先端は白くなっている。

「入れたい……いや、入れたくない……帰る……すまないが……帰る」

大店の番頭としての矜持《きょうじ》が、肉欲よりもわずかに勝っていた。

茂吉は盥から出て、背中を向けようとした。

三

「茂吉っ」

と、声をかけられた。今までの口調とはまったく違っていた。

茂吉は足を止めた。

「私の女陰を見なさい」

と、千紗が言った。

茂吉は背中を向けたまま、できない、とかぶりを振る。

「私の女陰を、見たくないのかい。入れたくないのかい。中に出したくないのかい」

「見たい……入れたい……出したい……」

我慢汁がさらに出てきている。魔羅のひくつきが止まらなくなっている。褌を締めただけで、その摩擦で暴発しそうだ。

いや、いっそ、暴発させたほうがいいのではないか。出してしまえば、入れたい気持ちも鎮《しず》まるのではないか。

茂吉は背中を向けたまま、褌を締めていく。魔羅の先端が褌にこすれる。でも、暴発はしない。

「茂吉」

と、耳もとで千紗の声がした。

いつの間にか、まうしろに立っていた。

「私の中に入れたいだろう」

背中に乳房を押しつけられた。そして、耳たぶをぺろりと舐められた。

「あっ……」

ぞくぞくとした快感に、茂吉は躰を震わせる。

「入れさせてあげると言っているんだよ」

「勘弁してくれ……ああ、勘弁してください……」

「なにを勘弁するのさあ。男と女がまぐわうだけじゃないか。私は茂吉さんになら、中に出されてもいいと思っているんだよ」

乳房をぐりぐりと押しつけながら、千紗が右手を前に伸ばしてきた。そして、締めたばかりの褌を解《ほど》きはじめる。

「や、やめてくれ……ゆるしてくれ……」

茂吉はゆるしを乞《こ》うていた。

「なにをゆるすんだい」

褌を解かれた。あらわになった魔羅を右手でつかまれる。

「ああっ……」

それだけで、暴発しそうになる。が、ぎりぎり暴発しない。

「ゆるしてくれ……あああ、店が大事なんだ……主人や店の者たちを裏切るわけには……ああ、いかないんだ」

千紗が左手も伸ばしてきた。我慢汁だらけの鎌首を包み、撫でてくる。

「あ、ああっ……」

下半身の震えが止まらない。快感と恐怖の震えがごっちゃになっている。

「ほら、こっちを向いて」

「できない……」

今、千紗の両手は茂吉の魔羅にある。ということは、恥部は剝《む》き出しなのだ。

振り向けば、すぐに恥部が目に飛びこんでくる。

「ほら、入れたいだろう」

「入れたい……ゆるしてくれ……ああ、入れたい……ゆるしてくれ」

茂吉は泣いていた。

「もう、じれったい男だね」

魔羅から手が離れた。千紗が前にまわってきた。

ちらりと茂吉の視界に、千紗の恥部が目に入った。割れ目が見えた。

「ああ……」

茂吉は思わず、目を閉じた。

すると、千紗が正面から抱きついてきた。唇を押しつけてくる。魔羅の先端は、割れ目に当たっていた。

そのまま、千紗は股間を押しつけてくる。

鎌首が割れ目を開いていく。

「ううっ……」

茂吉は舌をからめつつ、腰を引こうとする。

が、逃げる前に、先端がめりこんだ。熱い粘膜に包まれた。

その刹那、

「おうっ」

と吠《ほ》えていた。入れてすぐに、暴発させていた。

「おう、おう、おうっ……」

茂吉は吠えながら、自ら突き刺していった。精汁を出しつつ、脈動する魔羅を千紗の中に埋《うず》めていった。

千紗の女陰は燃えるようだった。茂吉の魔羅をくいくい締めてくる。

茂吉は射精しつづけた。脈動が鎮まらないのだ。

ようやく、脈動が鎮まった。射精を終えると、茂吉は我に返った。

つながっている股間を見た。

「こ、これはっ」

女郎蜘蛛に咥えこまれていた。女郎蜘蛛とつながっていた。

ぜったい放すまいと、女郎蜘蛛が茂吉の魔羅を呑みこんでいた。

「私は絹というんだ」

そう言うと、強烈に締めてきた。

「う、うう……」

魔羅を食いちぎられるかと思った。

「おまえは……夜叉姫なのか……」

「あら、知っているのね。有名になったものだわ」

絹がにやりと笑う。ぞくりとくる笑顔だ。それでいて、くいくい魔羅を締めている。大量に出したはずだったが、萎《な》えないのだ。

茂吉の脳裏に、魔羅喰《くら》いの絹、というふたつ名があることが浮かぶ。

「突いて、茂吉。ああ、もっと出して」

茂吉が動かないでいると、絹のほうから、つながっている股間を前後に動かしはじめる。

魔羅が絹の中で瞬く間に完全勃起する。

「ほら、動いてっ。突いてっ、茂吉っ」

もう突くしかなかった。もう、中出ししてしまったのだ。女郎蜘蛛に呑みこまれてしまったのだ。

もう、あと戻りはできない。茂吉にはもう突くしか道はなかった。

「おう、おうっ」

すぐにまた、出そうになる。

茂吉は思わず、突きをゆるめる。

「なにしているのっ。そのまま突いてっ」

「もう、出そうです」

「いいわっ。出してっ。また、すぐに勃《た》たせるからっ」

魔羅喰いの絹。今宵《こよい》絞り取られてしまうのか。

「ああっ、出ますっ」

勢いよく突きはじめると、すぐに出そうになった。それくらい、千紗の、いや絹の女陰の締めつけは極上だった。今まで経験してきたおなごの女陰とはまったく別物だった。

「おう、おうっ」

はやくも、絹の中に二発目を出していた。

「ああっ、もっとよっ、茂吉っ」

絹はまだ気をやっていなかった。気をやるまでは、ゆるしてくれない、と思った。茂吉は抜かずの三発目に向けて、腰を振りはじめた。

四

あれから、まる一日がすぎていた。

茂吉は変わらず絹の裸体を、女郎蜘蛛の裸体を前にして、勃起させていた。

場所は飲み屋の裏庭から、呉服問屋大黒屋の座敷に変わっていた。

そして勃起させているのは、茂吉だけではなかった。大黒屋の主人の聡一郎《そういちろう》、二番番頭の達治《たつじ》、手代の乙介《おとすけ》と定男《さだお》の四人がいた。

それ以外は、座敷には絹しかいなかった。絹は裸だった。男たちはみな、うしろ手に縛られた状態で寝巻をはだけられ、褌を取られ、仰向《あおむ》けになっていた。

四本の魔羅だけが、みな天を衝《つ》いている。

絹は裸だったが、黒頭巾《くろずきん》をかぶっていた。それゆえ、股間の女郎蜘蛛によけいに目が向いていた。いわば、女郎蜘蛛が絹の顔だった。

小半刻（三十分）前に、茂吉の手引きによって、盗賊夜叉姫は大黒屋に押し入っていた。頭の絹以外はみな男で、三人いた。男たちは寝こみを襲い、刃向かう者は容赦《ようしゃ》なく斬《き》りつけた。それを見て、みなおとなしくなった。

「あ、ああっ、ああっ、」

隣から、聡一郎の妻の雅代《まさよ》のよがり声が聞こえている。夜叉姫の手下にやられているのだ。手下たちは、聡一郎たち四人を座敷に引っぱり、縛りあげて、褌を脱がせると、おなごたちをやりに散っていった。

「ああ、ああっ」

別の方向から、女中のよがり声が聞こえてくる。

そんななか、頭の絹は四人の男たちの魔羅を貪《むさぼ》り食っていた。

すでにみな、一発ずつ出していた。そして女郎蜘蛛を目にするなり、みなすぐに勃起させていた。

「いい眺めだわ」

絹が四本の魔羅をうれしそうに見つめ、端の聡一郎から跨《また》がっていく。女郎蜘蛛が口を開き、ぱくっと魔羅を咥えこむ。

一気に根元まで呑みこむと、絹は腰を淫《みだ》らに動かしはじめる。

「あああっ、ああっ」

聡一郎がうめく。さっきは、すぐに出していた。今もまた、すぐに出しそうな声をあげている。

「出してもいいけど、すぐに勃たせないと、魔羅を切り取るわよ、聡一郎」

名前を呼ばれ、ひいっと息を呑む。息を呑みつつも、ああっ、と二発目を出してしまう。

「あうっ……」

絹は背中を反らせ、喘《あえ》ぐ。

立ちあがると魔羅が抜け、五発ぶんの精汁がどろりと出てくる。

絹は隣の達治の股間を白い足で跨《また》ぐ。そして、天を衝く魔羅を女郎蜘蛛が呑みこんでいく。

達治はうめきつつも、自ら腰を突きあげる。

「ああっ、いいわっ、達治っ」

達治はおなご好きで有名だった。店の女中にも何人か手を出しているという噂《うわさ》がある。おなご好きゆえに、このようなときなのに、絹をいかせようとしているのか。

「ああ、もっとよっ、達治っ」

絹自身も達治の魔羅を貪り食らうように、腰をうねらせている。

するとすぐに達治の勢いがなくなる。出そうになっているのだ。

「なにしているのっ。もっと突きなさいっ」

「ああ、絹様っ……出そうですっ」

と、はやくも情けない声をあげる。絹はみなに様づけで呼ぶように命じていた。

「おまえも、もう出すのかい」

「絹様の女陰がすごすぎますっ」

と、達治が言う。そうだな、と茂吉はうなずく。昨晩は、店の庭でつづけて四発、女陰から抜くことなく出していた。

四発出しても、絹のことを思うだけで、痛いくらいに勃起させた。

絹の女陰は阿片《アヘン》みたいなものだ。一度知ってしまうと、もう逃げることができなくなる。一日中、絹の女陰だけを考えるようになる。

今宵、引き込みの手伝いをすることに、なんのためらいもなかった。押し入られて、また絹の女陰で魔羅が絞りあげられることを思うと、嬉々《きき》として裏の戸の閂《かんぬき》を抜いていた。

茂吉が引き込みであることは、みな知らない。今も主人たちと同じように縛られ、魔羅を貪られている。

「ああ、出るっ」

達治もあっさりと二発目を絹の中に出してしまう。

「あうっ……うう……」

絹はおのが女陰の締めつけが凄《すさ》まじいゆえに、なかなかいけずにいた。

達治の股間から立ちあがる。口を開いたままの女郎蜘蛛から、どろりと精汁があふれてくる。

それを見て、二発目を出した聡一郎がはやくも勃起を取り戻す。

「元気がいいね、聡一郎。さすが一代で、大黒屋を大店にした男だね」

「ああ、あああっ、いい、いいっ」

隣から、聡一郎の妻のよがり声が聞こえてくる。さきほどより大きくなっている。

「雅代も喜んでいるようじゃないか。相手をしているのは、琢磨かな。うちの若いやつは、日頃、私の女陰で鍛えているから、なかなかの魔羅だぞ」

「ああ、いいっ」

妻のよがり声を聞かされつづけ、聡一郎は苦悶《くもん》の表情を浮かべる。それでいて、魔羅は天を衝いている。

「やめてくれ。千両箱なら、好きなだけ持っていってくれっ。だから、もう雅代を犯すのはやめてくれっ」

「あら、喜んでいるのに、やめるのかしら。ここでやめたら、雅代に恨まれるんじゃないかしら」

と言いつつ、絹は聡一郎の魔羅をつかみ、しごきはじめる。

「やめてくれっ」

聡一郎は腰をくねらせ、訴える。

「ああ、いきそう、いきそうなのっ」

と、雅代の声がする。

「雅代っ、いくなっ。盗賊にやられて、いくんじゃないっ」

と、聡一郎が叫ぶ。

すると、よがり声が聞こえなくなった。

が、すぐにまた、

「いい、いいっ、魔羅いいのっ……ああ、琢磨様の魔羅のほうがっ、あああ、夫の魔羅よりいいのっ」

と、雅代の声が聞こえてくる。

「そうですって、聡一郎」

先端を撫でつつ、絹がそう言う。

「雅代っ」

聡一郎が叫ぶなか、

「いくいくっ」

と、雅代のいまわの声がした。反対側からも、女中の気をやる声がする。

絹はみたび、聡一郎の腰を跨いだ。それを見て、乙介と定男が、こっちは、と声をそろえて言う。

「あら、私の女陰が欲しいのね、乙介、定男」

「欲しいですっ」

と、ふたりが叫ぶ。

「なにを言っているんだっ。このおなごは盗賊だぞっ。千両箱を奪っていくだけじゃなく、俺たちの精汁も絞り取っていくんだぞっ」

と、聡一郎が叫ぶ。

「ああ、ああっ、いい、いいっ、魔羅、すごいっ」

ふたたび、雅代のよがり声が聞こえはじめる。反対側からも別の女中の声が聞こえはじめる。

「あっ、郁美《いくみ》だっ。郁美がやられているんだっ」

郁美は大黒屋の女中の中ではとびきりの美形だった。使用人の男たちはみな、郁美を狙っていたが、身持ちが堅く、誰とも関係はなかった。

その郁美がよがり声をあげている。

「生娘《きむすめ》じゃなかったのかいっ」

と、乙介が叫ぶ。

生娘がやられていきなり、あんなよがり声は出さないだろう。

「ちきしょうっ、誰にやられていたんだいっ」

「誰が穴を開けたんだいっ」

乙介と定男が悔《くや》しそうな声をあげる。

「聞いてみようかい」

聡一郎の股間で腰をうねらせつつ、絹がそう言う。そして隣に向かって、

「郁美を連れてきなっ」

と叫ぶ。

「入れたままでいいですかい」

「あ、ああっ」

と、剛吉の声がする。

「剛吉かい。いいよ、入れたまま、こっちに連れてきな」

入れたままとはなんだ。このようなときなのに、茂吉も興味を持ってしまう。

「あ、あああっ、ああっ」

郁美の声がする。美形のうえに、泣き声もそそる。

「ほら、もっと動け、郁美っ」

ぱしぱしと張る音がする。

五

襖《ふすま》が開いた。

四つん這《ば》いの郁美が入ってきた。手下の男がうしろ取りでつながっている。手下も黒頭巾をかぶっていた。それでいて、首から下は裸だ。

「郁美っ」

と、乙介と定男、そして達治が叫ぶ。茂吉も目を見張っていた。

「誰に生娘の花を散らされたんだい。言ってみな」

と、聡一郎の股間で腰を振りつつ、絹が聞く。

「ああ、ああっ、今ですっ、ああ、今、剛吉様に散らされましたっ」

と、郁美が叫ぶ。

「うそつけっ」

と、乙介と定男が叫ぶ。

すると、剛吉が郁美の女陰から魔羅を抜いた。立ちあがり、男たちに見事に反り返った魔羅を見せつける。

その先端からつけ根まで、蜜《みつ》にまみれていたが、鮮血が散らばっていた。破瓜《はか》の証であった。

「なんてことだいっ」

使用人たちが驚く。

剛吉は鮮血の散らばった魔羅を、郁美の口もとに持ってゆく。すると、郁美は命じられる前に、自分からしゃぶりついていった。破瓜の証を消したいのか、一気に根元まで咥え、吸っていく。

「郁美ちゃん……」

四つん這いで盗賊の魔羅を吸っている郁美を、使用人たちは目をまるくさせて見つめている。

「ああ、出るっ」

と、聡一郎がはやくも三発目を絹の中に出した。

「ああ、あうっ……女中の尺八顔を見て、出すとはね」

と言いつつ、絹が立ちあがる。女郎蜘蛛の口からどろりと精汁を垂らしつつ、乙介に向かってくる。

「ああ、絹様っ」

郁美の尺八顔を食い入るように見ていたが、すぐに女郎蜘蛛に目が向かう。黒頭巾をかぶりつつ、首から下はなにもかもさらし、しかも股間に女郎蜘蛛を彫っている姿は不気味であり、妖艶であり、異様であり、色っぽかった。

女郎蜘蛛の口は閉じているが、そこから精汁がにじみ出ている。

絹が乙介の股間を跨ぐ。すると女郎蜘蛛の口が開き、精汁をあふれさせつつ、ぱくっと咥えこんでいく。

「ああっ、絹様っ」

と、乙介が叫ぶ。

そんな乙介を、みなが羨《うらや》ましそうに見つめる。そばに美形の女中の裸体があったが、みなの目は絹の裸体に集まっていた。

絹が腰をうねらせる。うねらせながら上体を倒し、たわわな乳房を胸板に押しつける。

それだけで、乙介が出しそうになる。

「まだ出してはだめよ、乙介」

と言いつつ、黒頭巾の下をあげていく。

あごから唇があらわになる。それだけで、さらに妖艶さが増す。

茂吉は絹の素顔を知っていたが、それでも唇を見ただけで大量の我慢汁を出す。

乙介は唇を見ただけで、二発目を出していた。

「もう出したのかい。まあいい、このままつづけるわ」

と言って、絹が唇を乙介の口に重ねていった。ぬらりと舌を入れていく。

「う、ううっ、ううっ」

乙介は顔面を真っ赤にさせて、腰を痙攣《けいれん》させている。すぐに勃起させて、すぐに出したのだ。

「うんっ、うっんっ、うんっ」

絹は三発目を子宮《こつぼ》に受けつつ、なおも乙介の舌を貪り、乳房をこすりつけ、股間をうねらせている。

「うう、ううっ」

乙介の痙攣が止まらない。上下動をはじめた。あぶら汗が浮きあがっている。

「ううっ」

乙介が絹と舌をからめつつ、白目を剝いた。

「だめね……」

絹が唾の糸を引きつつ、唇を引きあげ、股間も引きあげる。大量の精汁が女郎蜘蛛の口から出てくる。

「定男、おまえ、私と口吸いがしたいかい」

鼻から下をあらわにさせたまま、絹が定男に聞く。

定男は白目を剝いて口から泡を吹いている乙介を見て、かぶりを振る。

「あら、天下の夜叉姫様の口吸いを拒《こば》むのかい。剛吉、こいつの魔羅を切りな」

と、郁美にしゃぶらせている剛吉に、絹が命じる。

へい、と絹の脱ぎ捨てた黒装束から匕首《あいくち》を取り出し、剛吉が定男に迫る。

「吸いたいですっ。口吸いさせてくださいっ、絹様っ」

と、定男が叫ぶ。

「最初から、そう言えばいいのよ」

絹は定男の股間を跨ぎ、勃起したままの魔羅をつかむと、つながっていく。

「ううっ……」

魔羅が女陰に包まれるだけで、定男は躰を震わせる。

絹は根元まで呑みこみつつ、上体を倒すと、黒頭巾からのぞいている唇を定男に寄せていく。

定男の躰がさらに震える。口吸いはしたいが、怖いのだ。

絹が唇を重ねた。舌を入れつつ、股間をうねらせる。するとすぐに、定男の躰が痙攣をはじめる。

「定男さん……」

郁美が四つん這いのまま、定男を案じるように見つめる。

「う、ううっ、ううっ」

はやくも定男は二発目を出していた。が、出しても痙攣がつづいている。

絹とのまぐわいは出しても終わりではないのだ。出してからが本番なのだ。

絹は定男と口吸いをつづける。股間をうねらせつづける。

茂吉は魔羅をひくひくさせて、定男と口吸いをつづける絹を見ている。

ああ、俺も吸いたい。絹の舌を吸いながら、突きたい。

「あああっ」

郁美がよがり声をあげた。背後にまわった剛吉がうしろ取りで突きはじめたのだ。が、郁美が声をあげても、誰も郁美を見なかった。

「ううっ」

定男もはやくも白目を剝いた。がくがくと痙攣させている。

「たいしたことないわね」

絹が定男の股間から立ちあがり、女郎蜘蛛の口から大量の精汁を垂らしつつ、茂吉を見た。そして、舌舐めずりをする。

それだけで、さらに大量の我慢汁が出る。

「口吸いしたいかい、茂吉」

と、絹が聞く。

「し、したいです……」

「命を失うかもしれないよ」

茂吉は昨晩も大量に出している。今宵もつづけて出したら、命を失ってしまうのか。これからの一発一発は命を削る射精になるのか。それでも口吸いをしたかった。もっと、絹の中に出したかった。

「あ、ああっ、いくっ」

生娘の花を散らされて間もない郁美がいまわの声をあげて、四つん這いの裸体を痙攣させる。

腕を折り、べたっと乳房を畳につける。それでいて、つながったままの尻だけは高く掲げたままだ。

「いいんだね、茂吉」

絹の目が光る。ここでつながると、失神するまで出しつづけるのだろう。気を失って、正気に戻ればいいが、そのままあの世ということもあるかもしれない。

いやあの、と言う前に、魔羅をつかまれた。それだけで、すぐさま倍になる。

絹が跨ってくる。女郎蜘蛛が口を開き、ぱくっと先端を咥えてくる。と同時に上体を倒し、唇を寄せてきた。

ぬらりと舌が入ってくる。

「ううっ」

唾を注がれた刹那、茂吉は射精していた。昨晩以上の締めつけだった。昨晩でも、これまでのおなごたちとは違っていたが、あれでもまだ加減していたのだ。

射精しつつ、舌をからめる。萎える暇もなく、さらに締められる。

「うう、ううっ」

茂吉はあっさりとつづけて今宵三発目を放っていた。

頭がくらっとなる。ふうっと気が遠くなる。

このまま眠ってしまうのか。それでいて、魔羅はびんびんなままだ。燃えるような粘膜に締めあげられている。

また出す。もう、だめだ。次出したら、意識が飛ぶ。きっとあの世だ。

「うう、ううっ」

茂吉は女郎蜘蛛の中に、命の礫《つぶて》を放ちつづけた。

六

火盗改頭の多岐川主水は、またも佳純の家を訪ね、手合わせをしていた。佳純相手に汗を流していた。手合わせをするたびに、佳純への思いが強くなっていた。

この手合いで終わりにしなければと思っても、自制が利かなくなっていた。

手合わせですめばまだよいのだが……。

佳純の汗ばんだ美貌を思いつつ、夜中の往来を歩いていると、黒い影が見えた。影はなにやら抱えていた。

「なにやつっ」

不審な気配を感じ、主水は走った。

大黒屋の裏木戸から、黒装束が出てくるところが見えた。線が細く、おなごだと思った。

「夜叉姫かっ」

主水は叫んだ。すると、おなごが立ち止まり、こちらを見た。

おなごは黒頭巾をかぶっていたが、主水を見ると、下からまくりあげた。

あごから唇が月明かりに浮かびあがった。

黒装束の中であらわになる白いあごに、真っ赤な唇。

おなごは舌を出すと、ぺろりと舐めてみせた。

その間、主水は動けなかった。おなごのあごと唇に見入っていた。

おなごが背を向けた。走り出す。

それで我に返った主水は、待てっ、と追いかける。

が、おなごの足ははやく、みるみる遠ざかっていく。そして、掘割に横づけにされた猪牙船《ちょきぶね》に乗りこんだ。そこにはひとりの黒装束がいた。見ると、もう一艘《そう》の猪牙船があり、すでに進んでいた。

黒装束の男が棹《さお》を差し、滑るように進んでいく。

おなごは立ちあがるとこちらを向き、ふたたびあごと唇を剝き出しにさせた。

「夜叉姫……」

もう追いつくことは無理だった。

「大黒屋っ……」

主水は大黒屋に駆け戻った。裏木戸から入り、母屋《おもや》に入る。すると、入ったとたん、異様な空気に包まれた。

廊下を進むと、おなごが突っ伏していた。裸だった。

主水は駆けよると、おなごの上体を起こし、頰をたたいた。すると、おなごが目を覚ました。

「魔羅、魔羅っ」

主水の顔を見るなり、そう叫んだ。

「もっとくださいっ、剛吉様っ」

「剛吉とは誰だっ」

「もっと魔羅をください。ああ、どうして魔羅を隠しているのですか、剛吉様」

「剛吉とは誰だっ」

主水はもう一度、おなごの頬を張る。すると、

「あんっ」

と、甘い声をあげて、主水を潤んだ瞳で見つめている。そして、着流しの帯に手をかけてくる。

「なにをする……」

「魔羅を……」

主水は裸のおなごを押しやり、廊下を進む。すると、座敷が見えた。

「こ、これは……」

五人の男が仰向けになっていた。みな寝巻をはだけ、股間をあらわにさせていた。みな、うしろ手に縛られている。

あらわな魔羅は、みな縮んでいた。

主水は中に入った。すると、むせんばかりの牝《めす》の体臭に包まれた。

おなごの姿はなく、五人の裸同然の男がいたが、おなごの匂いだけが満ちていた。それも今、そばにいるような匂いだ。

さっきのおなごの匂いか。たった今まで、ここでまぐわっていたのか。

主水は主人らしき、いちばん年嵩《としかさ》の男に近寄り、顔を寄せた。男は息をしていなかった。魔羅は縮みきっていた。

主水はそこに顔を寄せた。

「ああ……これは……」

女陰の匂いがした。それも、ちょっと嗅《か》いだだけで、くらくらするような匂いだった。

主水は隣の男にも顔を寄せた。息をしていない。しかし躰に傷らしきものはなく、首を絞められた痕《あと》もなかった。

では、どうやって殺されたのか……。

夜叉姫の頭の絹は、魔羅喰いの絹というふたつ名がある。押し入った先で、主人や番頭たちとまぐわい、ふぐりがからからになるまで精汁を吸い取るという。吸い取られた男たちは、ひと晩で干からび、心の臓を止める者も多いと聞いていた。

これがそうなのか。

主水はほかの男たちの顔にも顔を寄せた。みな、息をしていない。そんななか、ひとり息をしている者がいた。

「おいっ、起きろっ。しっかりしろっ」

頬を何度も張ると、男が目を覚ました。

「ああ、女郎蜘蛛……ああ、女郎蜘蛛……」

「女郎蜘蛛に押し入られたのだなっ。夜叉姫にやられたんだなっ」

「女郎蜘蛛……ああ、絹様……」

「絹というのだなっ」

「もう、勃ちません。ああ、ゆるしてください……絹様」

「顔は見たのかっ」

「顔……女郎蜘蛛を見ました……」

「それは股間に彫っているものだろう。顔は見たのかっ」

「顔……だから、女郎蜘蛛です……」

そう言うと、男はまた白目を剝いた。

主水は座敷から出た。するとさきほどの裸のおなごが、魔羅をください、とすがりついてきた。

主水は足蹴《あしげ》にして廊下を進み、襖を開いた。すると、そこにも裸のおなごが寝ていた。大年増《おおどしま》であった。主人の妻かもしれない。

主水は近寄り、おなごの頬を張った。このおなごも生きていた。ひたすら出しまくる男とは違い、おなごは何度気をやっても死ぬことはないのだろう。

おなごが目を開いた。

「魔羅……魔羅……」

と言い、すぐさま主水の股間に手を伸ばしてくる。

「夜叉姫にやられたのだなっ」

「魔羅です……魔羅にやられました」

「顔は見たか」

「魔羅ならわかります……魔羅なら覚えています」

「顔はどうだっ」

「魔羅ならわかります。魔羅、魔羅」

おなごが着物の合わせ目から手を入れて、下帯《したおび》越しにつかんでくる。

「ああ、どうしてですか……ああ、どうして勃っていないのですかっ」

おなごが泣きはじめる。

若いおなごも入ってきた。魔羅と言いつつ、手を伸ばしてくる。

主水はふたりを足蹴にすると、廊下に出た。

母屋の中をまわった。使用人たちはみな、両手両足を縛られ、猿轡《さるぐつわ》を嚙《か》まされていたが、生きていた。

死んでいたのは、精汁を出しまくった男たちだけであった。

七

「夜叉姫が押し込みに入ったぞっ。主人や番頭たちとまぐわって、女陰で殺しやがったぞっ」

両国広小路。読売の幸太の声が響きわたる。

「女陰で殺すって、なんだいっ」

と、さくらの政夫が大声で問う。

「出しまくって、あの世に往《ゆ》くのさ。出しても出しても、夜叉姫を見るとすぐに勃つのさ」

「そんなにいい女なのかいっ」

と、政夫が聞く。

「いい女なんてものじゃないぜっ。次出したら死ぬかもと思っても、夜叉姫の女郎蜘蛛を見ると、勃ってしまうんだよ」

「そいつはすげえな。顔や躰の絵はあるのかい」

「もちろんさあ。極秘に手に入れた魔羅喰いの絹の裸だけじゃなくて、似顔絵もあるぜっ。さあ、買った買ったっ」

「見たいぜっ。一枚くれっ」

と、政夫が叫ぶ。

すると、俺にもくれ、といっせいに手が伸びる。飛ぶように読売が売れていく。


それを、真之介は遠巻きに見ていた。

一段落したところで、真之介は顔を出した。

「魔羅喰いの絹の似顔絵があるというのは真《まこと》か」

「ああ、新崎の旦那《だんな》……」

真之介を見て、幸太が逃げ腰になる。

さっきまでの威勢のよさは消えていた。

「一枚くれ」

と、小銭を渡す。

真之介はすぐさま読売を開く。

おなごの絵が大きく描かれてある。黒頭巾をかぶっていたが、唇とあごだけを出し、首から下は裸だった。股間に女郎蜘蛛が描かれている。かなり豊満な乳を持つ、色気の塊《かたまり》のような躰をしている。

「顔は……」

「めくったところにあります」

紙をめくると、似顔絵があらわれた。

目の覚めるような美形の顔が描かれていた。よい女ではあるが、何度も勃起するような顔ではなかった。整いすぎているのだ。

「これは真か。誰が見たのだ。生き残りか」

ひとりだけ、座敷で生き残った男がいると聞いている。

「そ、そうです……」

「偽《いつわ》りを申すなっ。これはうそだろうっ」

と、読売をたたく。

「いや、実際は、あごと唇までは出したそうなんですっ。これは真ですっ」

「そうであるな」

「そうですよね。新崎の旦那なら、ご存じですよねっ」

「だから、この顔はうそだろう」

「いや、うそではないんです。あごと唇から想像した、目と眉《まゆ》なんです」

ではまたっ、と読売を全部売った幸太は真之介の前から逃げた。

ひとりだけ生き残った番頭の茂吉は、なにを聞いても女郎蜘蛛としか答えないらしい。手下とまぐわったおなごたちは、魔羅しか記憶にないらしい。

よほど、女郎蜘蛛と魔羅の印象が強烈だったのであろう。

そう言えば昨晩は、飲み屋の千紗は休みだったな。

毎晩あのあたりを通っていて、いつも行灯に火が灯《とも》っていたが、昨晩だけは休んでいた。

――あの店の女将、湯屋には行かないで、行水だけらしいぞ。

――股間に女郎蜘蛛を彫っているんじゃないのかいっ。

あの店から出てきた酔客の言葉が、真之介の脳裏に蘇《よみがえ》る。

今宵、千紗に顔を出してみるか、と真之介は思った。

第四章　乱れる心

一

今宵《こよい》は、千紗の掛行灯《かけあんどん》に明かりが点《つ》いていた。

真之介は戸を開いた。

客は誰もおらず、奥に女と男が立っていた。

「あら、いらっしゃい」

一瞬、不穏な空気を感じたが、すぐにそれは消えた。

真之介は食台の前に座ると、冷やを一杯、と言った。

「はい」

女はすぐに冷やを入れた徳利を持って、近寄ってきた。

真之介は女の顔を見る。全体ではなく、鼻から下の唇とあごだけだ。

女が隣に座った。どうぞ、と徳利を傾ける。真之介がお猪口《ちょこ》を持つと、そこに冷やを注《つ》ぐ。

真之介はそばで女の顔を見る。

「あら、そんなにじっと見ないでくださいな。ああ、恥ずかしいですわ」

「いや、すまん」

と言って、冷やを飲む。うまい。夜叉姫かもしれぬおなごであるが、よいおなごに酌《しゃく》してもらった酒はうまい。

「誰かと似ているんですか」

と、おなごがのぞきこむようにして、聞いてくる。

「いや、この似顔絵にちょっと似ているかと思ってな」

と言って、真之介は懐《ふところ》から読売を出して、おなごに渡した。

「あら、これって、夜叉姫じゃないですか。昨日、押し込みに入ったとか」

と言う。真之介はおなごの表情をうかがっていたが、格段変わりない。

「あら、裸なんですね……あら……大きなお乳」

と、おなごが頰《ほお》を赤らめる。そして、さらに紙をめくる。

さきほどの似顔絵は、唇とあごだけ出ていたが、こちらは顔の全体が描かれている。このおなごとは似てはいない。美形というところだけは同じだが、感じが違う。

「あら、このおなごと私が似ていると……旦那《だんな》、褒《ほ》めすぎですよ。もう一杯、どうぞ」

と、おなごはうれしそうに笑う。夜叉姫の似顔絵ではあったが、かなりの美形に描かれていたら、似ていると言われると、うれしいものなのか。

「旦那、もしかして、町方ですか」

酌をしつつ、おなごが聞く。

「まさか、町方に見えるかい」

「いいえ……」

と、おなごがかぶりを振る。

「やっかい者だよ」

御家人の三男坊だと言う。

「そうですか」

と、おなごは納得した顔になる。

真之介は着流しに、一本だけを差していた。同心としてはひよっこで、新崎とかけて新米様と陰で呼ばれているくらい、町方としての貫禄がなかった。

それが幸いしていた。

「千紗といいます。これから、ご贔屓《ひいき》に」

と言う。絹とは名乗らなかった。当たり前か。

千紗は名乗ったあと、しばらくじっと真之介を見つめている。どうしたのかと思っていたら、

「私にも一杯、いただけますか」

と聞いてきた。

「あ、ああ……そうだな」

真之介はこういうところが気が利かない。これは町方としてどうなのか。

徳利を手にする。千紗がお猪口を持つ。そこに注ぐ。

千紗は両手を上げ、あごを反らし、唇へと運んでいく。そして、酒を唇へと流しこむ。なんとも色っぽい仕草に、思わず見惚《みと》れてしまう。

「ここは前から気になっていてな」

「そうですか」

「昨晩は、行灯に火が入っていなかったが、休みだったのか」

真之介はじっと千紗を見つめつつ、そう聞いた。

「昨日は、はじめてお休みをいただきました」

表情をまったく変えず、千紗は答える。

「店をはじめて、まだ半月ほどであろう」

「はい。よくご存じですね」

「このあたりは毎日、通るのだ」

「そうなのですね」

戸が開き、あらたな客が三人入ってきた。おとつい、千紗が女郎蜘蛛《じょろうぐも》かもしれないぞ、と大声で話していた男たちだ。

「いらっしゃいっ」

千紗は立ちあがり、三人組に笑顔を見せる。

「昨日は休みだったな、女将《おかみ》」

いちばん年嵩《としかさ》の男が聞く。

「すみません。疲れがたまってしまって……」

「そうかい。まあ、そうだよな。ずっとやっていたからな」

「しかし、女将が休んでいる夜に夜叉姫があらわれただろ。てっきり、女将が夜叉姫と思ったぞ」

笑いながら、そう言う。ほかのふたりも、そうだな、とうなずく。

「いやですわ。私があそこに女郎蜘蛛の彫物をしているというんですか」

頬を赤らめ、千紗がそう言う。

「湯屋に行かずに、行水ばかりだと聞いて、怪しいな、と思っていたんだ」

笑顔で、年嵩の男がそう言う。

「あら、時五郎《ときごろう》さんは岡っ引きの旦那だったんですか」

と、千紗が言う。

「やっぱりわかるかい。ばれちまったな」

と、時五郎が頭をかく。

こいつ、岡っ引きなのか。誰の手下だ。

「時五郎親分、十手《じって》を見せてくださいな」

と、千紗が言う。

「十手はそうそう、簡単に出すもんじゃないんだ、女将」

真之介以上に、町方には見えないが。

「親分だったら、あそこに彫物があるかどうか、お見せしますよ」

と、千紗が言う。

「えっ、あそこを見せるっていうのかいっ」

と、時五郎が素《す》っ頓狂《とんきょう》な声をあげる。

男たちの目が卑猥《ひわい》になる。小袖《こそで》姿の千紗をじっと見る。

「十手が先ですよ、時五郎さん」

「ちきしょうっ、真《まこと》に岡っ引きだったら、千紗さんのあそこを見れたのにっ」

と、時五郎が悔《くや》しそうな声をあげる。岡っ引きではないようだ。

「残念だわ。見せてあげられたのに」

と言うと、冷やですよね、と言って、千紗が板場に入ってゆく。

「ああ、見たかったな、千紗のあそこ」

男たちが残念がる。真之介も見たかったと思っていることに気づく。

男たちに一杯ずつ酌をした千紗が、真之介の隣に戻ってきた。

「旦那も見たそうな顔をしていますね」

と、図星をつかれる。

「いや、そんなことはないぞ……」

「旦那も、私が魔羅《まら》喰《くら》いの絹だって、疑っていらっしゃるんでしょう」

美女の口から、魔羅喰い、という言葉を聞いて、真之介は狼狽《うろた》える。

「いや、そんなことはないがな……」

「旦那こそ十手を出してくだされば、お見せしますのに」

と、千紗が言い、隣の食台の三人が期待の目で真之介を見つめる。

もしや真の町方と思ったのか。たんなる願望か。

ひよっこ同心が黒羽織なしに、町方に見えることはないだろう。

実際同心なのだから、千紗の股間をこの場で確かめることもできる。

いや、そんなこと現実にできるわけがない。千紗は場を盛りあげようとしているだけだ。

「十手はないな」

と言うと、やっぱりな、という目を町人たちが向けた。

千紗は変わらぬ表情で、

「旦那には見てもらいたかったですわ」

と言って、町人たちの悋気《りんき》を買ってしまうはめになる。

「もう一本、冷やをくれ」

と、真之介は言った。

二

千鶴は立見藩江戸留守居役の田村豊乃介にいつもの船宿に呼ばれていた。

千鶴が女陰《ほと》で珠代から乗っ取ってから、毎晩、呼ばれていた。そろそろ藩主が持参した家康より拝領された筆の在処《ありか》を聞きたかったが、常に珠代もいた。

今も、乱れ牡丹《ぼたん》でつながっている千鶴の股間に顔を寄せ、田村の魔羅が出入りしている割れ目の上にあるおさねをずっと舐《な》めていた。

「あ、あああっ、あああっ、気をやりそうですっ」

「おう、わしも出そうだっ」

ここだ、じらすのだ、と思い、魔羅を抜こうとするが、珠代がおさねに吸いついて、股間を上げることができない。

そうこうするうちに、

「ああ、出るぞっ」

じらす前に、田村が発射させる。

「あっ、い、いく……」

子宮《こつぼ》に凄《すさ》まじい飛沫《しぶき》を受けて、千鶴も気をやる。田村の膝《ひざ》の上で、汗まみれの裸体をがくがくと震わせる。

その間も、珠代はおさねを吸っている。おさねを吸われながら気をやるのは、また格別の気持ちよさがあった。

「珠代、酒を持ってこい」

と、田村が命じる。完全に、田村の女としての位置が逆転していた。

珠代は悔しそうな顔をすると、がりっと千鶴のおさねを嚙《か》んだ。

痛みを与えるためにやったのだろうが、

「はあんっ」

と、千鶴はさらに感じてしまい、強烈に田村の魔羅を締めた。

「おう、そんなに締めるな。ああ、萎《な》えないな。おまえの女陰はすごいな。珠代の締めつけとは比べものにならん」

珠代は泣きそうな顔になり、裸のまま座敷から酒を取りに行く。裸で板場まで行くのはさぞ屈辱だろう。

珠代が出てゆくと、千鶴は女陰で魔羅を締めつつ、自ら裸体の向きを変えていく。

女陰の中で、魔羅がひねられる。

「おう、たまらんな」

田村が口吸いを求める。

千鶴がそれを避けた。

「どうした、千鶴」

「おねがいがあります」

「なんだ。言ってみろ」

汗ばんだ乳房を田村がつかみ、揉《も》んでくる。

「あ、あああ……家康公からの拝領の筆……はあっ……一度見てみたいのです」

と、千鶴は言って、ぐっと魔羅を締めた。

「うう……家康公の筆だと……」

「はい。神君様の品を一度でいいから見てみたいと思って」

「殿が江戸に持ちこんでいることをどうやって知った」

田村の目が光る。乳首を摘《つ》まむと、ひねりはじめる。

「あうっ、うう……」

「どうして知っているっ」

「ああ……言えません……」

眉間《みけん》に深い縦皺《たてじわ》を刻ませ、千鶴はそう言う。

「言えっ」

田村は鬼の形相《ぎょうそう》で、さらに乳首をひねってくる。

「あう、ううっ……言えませんっ」

「なんだとっ」

千鶴の中で、田村の魔羅が一気に大きくなった。

こういうのが好きなのか。

「言えっ」

「蓬莱屋《ほうらいや》の女将が……言ってました」

千鶴が女中として、はじめて田村と会った料理屋である。

「なんだとっ」

「蓬莱屋の人間はみんな知っています」

「わしがしゃべったのか……」

田村の怒りは鎮《しず》まったが、急に魔羅が萎えていく。千鶴は強く締めつつ、唇を重ね、汗まみれの乳房を押しつける。

襖《ふすま》が開き、珠代が戻ってきた。裸で徳利の乗ったお盆を持っている。屈辱まみれの顔で、千鶴をにらみつける。

「お殿様、お酒、お持ちしました」

「うむ」

「口移しで……」

と言って、そばに来た珠代が徳利に口を持っていこうとする。

「千鶴に飲ませろ。千鶴から飲む」

と、田村が言う。

また、珠代が泣きそうな顔になる。すると、千鶴の女陰が強烈に締まる。

「うう、なんて締めつけだ。たまらんぞ」

またも千鶴の女陰の締めつけを田村が褒め、珠代が唇を嚙む。珠代が徳利の口を千鶴の唇に当てる。冷やを注いでくる。千鶴は口で受け止めると、田村に唇を重ねていく。そして、どろりと流していく。

「うんっ、うまい。酒に酔ったときに、女将にぺらぺらとしゃべったのだな……女将の躰《からだ》も狙《ねら》っていたからな」

「女将さんもここに呼びましょう」

と、千鶴は言う。

「そうだな。筆のことをぺらぺらしゃべるとは、料理屋の女将としてなっておらぬな。わしの魔羅で教えこまないと」

自分の口の軽さを棚に上げて、そんなことを言う。

「そうです。お殿様の魔羅で、お灸《きゅう》を据えないと」

「お灸か、よい言葉だな」

ふたたび、田村の魔羅が力を帯びてくる。

「もっと酒をくれ」

と、田村が言う。珠代がまた千鶴の口に冷やを注ぐ。千鶴は口で受け止めると、珠代の前で田村の口に酒を注いでいく。

「筆、見たいです、お殿様」

女陰できゅきゅう締めつつ、千鶴はねだる。

「それは無理だな、千鶴」

「ああ、そんな……どうしてですか」

「家康公から拝領した筆だ。そうそう簡単に見せられるものか」

「あんっ、いじわる……」

と言って、千鶴は忍《しの》び居《い》茶臼《ちゃうす》（対面座位）の形から、股間を引きあげていく。

「どうした、千鶴」

蜜《みつ》と精汁まみれの魔羅が、千鶴の穴から抜ける。

千鶴は閉じていく割れ目で鎌首《かまくび》をなぞりつつ、

「見たいです、お殿様」

と言う。

「だめだ」

と言って、田村から突きあげようとする。すると千鶴はさらに割れ目を上げて、鎌首から逃れる。

「見たいです」

と、妖《あや》しく潤《うる》ませた瞳で田村を見つめる。

すると田村は、珠代を引きよせた。いきなり唇を奪い、

「尻を出せ」

と命じる。珠代がにやりと千鶴を見て、四つん這《ば》いになる。むちむちの双臀《そうでん》をさしあげてくる。田村にというより、千鶴に向けてだ。

これはどういうことなのか。私の中に入れたくないのか。

「お殿様、千鶴の女陰に……」

「珠代に入れる。別におまえの穴に入れる必要はない」

そう言うと、田村は千鶴の前で、珠代の中にうしろから入れていく。

「ああっ」

ひと突きで、珠代が歓喜の声をあげる。

うそ……私の女陰に溺《おぼ》れた男は、私の女陰から逃れることはできないはずなのに、どうして……。

「いい、いいいっ、お殿様っ」

珠代がこれみよがしに、よがり声をあげている。

「おう、よいぞ、珠代」

「お殿様っ、千鶴に入れてください」

「筆を見せないと入れさせないのであろう。そんな女陰はいらぬ」

なんてことだ。しくじったのかっ。

江戸留守居役を甘く見てしまった。これまでものにしてきたのは、すべて町人だ。武士、しかもかなり出世している武士ははじめてだ。

私の躰では、私の女陰では通用しないのか。

「いい、いいいっ、珠代、もう、気をやりそうですっ」

珠代が叫ぶ。

「千鶴にもくださいっ」

千鶴は珠代の隣に四つん這いになり、双臀をさしあげる。

が、田村は見向きもしない。尻すら張ってこない。

「あ、ああっ、い、いきそうですっ、珠代といっしょにいってくださいっ、お殿様っ」

「おう、いくぞっ、珠代っ」

「千鶴に、ああ、千鶴にくださいっ」

「ああ、い、いくっ」

千鶴の隣で珠代がいまわの声をあげ、そして田村が腰を震わせた。

珠代が千鶴を見た。おまえはまた私の下よ、という目だった。

三

茂吉は長屋の床で寝ていた。

夜叉姫が押し込みに入ってから、主《あるじ》の聡一郎を亡くした大黒屋はずっと店を閉めていた。

茂吉はかろうじて生き延びたが、躰は干からびたままで、歩くのさえ難儀だった。それでいて、女郎蜘蛛を思い出すと一気に勃起した。

ふぐりはからからなはずなのに、痛いくらい勃起した。

火盗改や町方には、生き残りとして数えきれないくらい夜叉姫のことを聞かれたが、茂吉の記憶にあるのは、女郎蜘蛛だけだった。

偽《いつわ》りではなく、真に女郎蜘蛛しか頭に残っていないのだ。火盗改に尋問され、女郎蜘蛛のことを思い出すたびに、尋問中に勃起させていた。

丑三《うしみ》つどき、腰高障子がすうっと開き、ひとりのおなごが中に入ってきた。

おなごは提灯《ちょうちん》を手にしていた。中に入るまで提灯に火を入れていなかったが、中に入って火を入れた。

おなごの姿が浮かびあがる。

「茂吉」

と、おなごが名前を呼ぶ。

「誰だ……誰だ……」

「私だよ。忘れたのかい」

「知らない……」

「じゃあ、思い出せてあげる」

と言うと、おなごが小袖を脱いだ。

いきなり白い裸体があらわれた。

茂吉はおなごの股間を見て、あっ、と声をあげた。

「女郎蜘蛛……」

「そうだよ。女郎蜘蛛だよ」

おなごが床に寝たままの茂吉に迫る。提灯の火に照らされた女郎蜘蛛が迫ってくる。

茂吉は女郎蜘蛛しか見ていなかった。

「私のことはなにも話していないようだね、茂吉」

「話すもなにも……女郎蜘蛛しか……知らない……」

「そうかい。いい子だねえ。でも、いつ私のことを思い出すかわからないからねえ」

女郎蜘蛛が茂吉の顔面に迫る。

口を開き、真っ赤に燃えた粘膜をさらす。

ぐにゃり、と顔面に燃えた粘膜が触れた。

「う、ううっ……」

むせんばかりの牝《めす》の匂いに、茂吉はくらくらとなる。

女郎蜘蛛を顔面に押しつけながら、寝巻をはだけ、褌《ふんどし》を引き剝《は》いできた。

弾《はじ》けるように魔羅があらわれる。

「ほう、ここだけは元気だね、茂吉」

「う、うう……うう……」

茂吉は女郎蜘蛛に顔面を塞《ふさ》がれ、息ができなくなっている。

が、離そうとは思わない。このまま、女郎蜘蛛に顔面を塞がれていたい。

魔羅をつかまれた。ぐいぐいしごかれる。

「うう、ううっ」

茂吉はあっという間に射精させた。

どくどくと脈動する魔羅を、さらに女郎蜘蛛がしごいてくる。

「うう、ううっ、ううっ」

たっぷりと精汁を出したはずだったが、まだ勃起している。自分の躰のどこに、こんなに勃起させる精力が残っているのかわからない。

が、女郎蜘蛛の発情した牝の匂いをじかに嗅《か》ぎつづけていると、いくらでも勃起して、いくらでも出せる気がしてくる。

「ほらっ、もっと出しなさい、茂吉」

「うう、ううっ、ううっ」

顔面が女郎蜘蛛の蜜でぬらぬらになっている。

「ううっ」

また射精させた。

俺はこのまま死ぬのだと思った。女郎蜘蛛は俺を殺しに来たのだ。それなら、魔羅を女陰に包まれて、あの世に往《ゆ》きたい。

「うう、ううっ」

女陰でいきたい、と訴えるが、うめき声にしかならない。

その間も、ぬちゃぬちゃと顔面に女陰をこすりつけられ、魔羅をしごきつづけられる。

また出そうだ。でも、もうだめだ。今度出したら、あの世に往きそうだ。

「ううっ」

女陰でいかせてくれっ、と訴える。

が、女郎蜘蛛をぐりぐりとこすりつけながら、

「いくっ」

と叫んだ。いまわの声を聞きつつ、茂吉は射精させた。

すうっと意識が遠くなった。

四

四つ（午前十時）。

「おはようございます。今日も菜美をよろしくおねがいします」

蠟燭《ろうそく》問屋益田屋の長女の由紀が、佳純に挨拶《あいさつ》する。

今日はいつも以上に笑顔が美しく見える。

「なにかあったのかしら、由紀さん」

佳純は思わず、そう聞いてしまう。

「えっ、いや……別になにも……」

と言いつつも、聞かれてうれしそうだ。

「よいことでもあったのかしら」

「いや、その……」

由紀が急に真っ赤になる。菜美はほかの子供たちとはしゃいでいる。

「思い人との……口吸いは……躰がとろけますね」

さらに顔を赤くしつつも、由紀が大胆なことを口にした。

「えっ、口吸い……誰と……」

と、思わず聞く。由紀には許婚《いいなずけ》ではないが、決まった男がいると聞いていた。

その男だろうか。それならよいのだが……。

「言えません……」

と言う。やはり、決まった男ではないようだ。決まった男は親が決めた相手だから、好いた男ではないだろう。

「いい人なのかしら」

「はい……あの……佳純さん」

「なにかしら」

「最近、新米様……いいえ、新崎様、いらっしゃっていますか」

「いいえ……最近、お会いしていないわ……」

往来でのみなの前での偶然の口吸い以降、真之介は顔を見せなくなっていた。どういうことなのかわからない。

むしろ、多岐川とお会いすることが増えていた。竹刀《しない》を合わせていると、なぜか胸が高鳴るようになっていた。

それは、強い相手と竹刀を合わせているからだと、最初は思っていた。でも、それだけではないような気がこのところしていた。

「あら、新崎様以外にも……思い人がいるようですね、佳純さん」

気づくと、由紀が大きな瞳で佳純の顔をのぞきこんでいた。

「えっ……なに言っているのっ」

佳純はあわてた。

「やっぱり、そうなのね。佳純さんも隅に置けないわね」

鎌をかけられたのか。剣術には自信があるが、男女のこととなると、さっぱりわからない。

「あっ、噂《うわさ》をしていると」

真之介が久しぶりに姿を見せた。黒羽織は着ず、着流しだった。腰にも一本しか差していない。

「新崎様、お久しぶりです」

と、由紀がていねいに挨拶する。こういうところは、大店《おおだな》の娘だ。

「おう、由紀さんか。なにかよいことでもあったか」

真之介がいきなり、そう聞いた。

「えっ、わかりますかっ」

由紀は顔を真っ赤にさせて、もじもじしている。

「私のことよりも、新崎様、うかうかしていると、新しい御方《おかた》に取られてしまいますよっ」

そう言うと、由紀はふたりに頭を下げて、駆けていった。

「なんの話だ」

「さあ、なんでしょう」

「新しい御方と言っていたな」

「そんなこと、言っていましたか」

多岐川のことが脳裏に浮かび、佳純はまっすぐ真之介を見られない。せっかく久しぶりに真之介が顔を見せたのに、どうしても目をそらしてしまう。

「うかうかしていると、取られてしまう、と言っていたな」

「そんなこと、言っていましたか」

「先生っ、はじめましょうっ」

と、菜美が声をかけてきた。子供たちはみな、席についている。

「そうね。はじめましょう」

助かったわ、と佳純は菜美の頭を撫《な》でる。

最初はかな文字の読みをはじめる。佳純がかな文字が書かれた書物を読んで、子供たちが元気な声で復唱する。

真之介はうしろに立って、見ている。

いつもは痛いくらい真之介の視線を感じたが、今日は心ここにあらずなような感じがする。

もしかして……真之介様にも……別の思い人が……。

私も多岐川様を思い、心を乱しているのだ……真之介様に、新たな御方があらわれても……おかしくはない……でも、真之介様に限って……。

あの往来での口吸いは真に思いを伝え合う口吸いだった……。

「先生っ」

菜美の声にはっとなる。途中で読むのを止めていた。

「ごめんなさい……」

と謝り、つづきを読む。子供たちが復唱する。

真之介がこちらを見ている。多岐川のことを思っていることを、真之介に知られてしまっているような気がして、心の臓が早鐘《はやがね》を打つ。

そんなことはないとわかっていても、見透かされているような気がする。

それは佳純自身にうしろめたいことがあるからだ。いや、うしろめたいことなどなにもない。多岐川とは竹刀を合わせているだけだ。

自分より強い相手に稽古《けいこ》をつけてもらっているだけ……それだけ……。

佳純はずっと心を乱しながら、かな文字を読みつづけた。

五

由紀は廃寺の本堂の前で、剛吉と口吸いをしていた。

このところ菜美を佳純に預け、踊りの師匠のところに行く前に、廃寺で剛吉と会っていた。会えば、口吸いとなった。

剛吉との口吸いは、躰がとろけるようだった。

由紀は生娘《きむすめ》で、蠟燭問屋の次男を婿養子《むこようし》に取る話が進んでいたが、それでも、剛吉に生娘の花をあげてもいいと思うようになっていた。

今も剛吉と舌をからめながら、今日こそ剛吉が誘ってくるかもしれない、と期待と不安の中にいた。

剛吉が舌をからめつつ、小袖の身八つ口より手を入れてきた。

こんなことははじめてで、由紀ははっと唇を引いた。

「ごめんよ……いやなら……もうしない」

剛吉がそう言う。と言いつつも、身八つ口から手は引いていない。

「ううん……ただ、ちょっと驚いただけ……はじめてだから……」

由紀の躰は震えていた。

「いいんだね」

「お、お乳までなら……」

あげもいい、と思っていたが、乳房に剛吉の手を感じただけで、罪の意識が強くなる。私は益田屋の長女として婿養子を取る身だ。別の男に乳を触らせていいのか……。

剛吉がわきから乳房をつかんできた。

「あっ……」

やわやわと揉まれると、さらに躰がとろけていく。わきから乳首を摘ままれた。

「勃《た》っているね」

と、剛吉に耳もとで囁《ささや》かれる。

「ああ、うそです……」

恥ずかしいのと、感じるのとで、由紀は混乱する。耳たぶまで真っ赤になっている。

剛吉が摘まんだ乳首をころがしてくる。

「はあっ、ああ……」

すごく感じる。乳首がこんなに感じるなんて……相手が剛吉だからか……好きな剛吉にいじられているからか……。

「お乳に顔を埋《うず》めたいよ、由紀」

乳首をいじりつつ、剛吉がそう言う。

「えっ……でも……」

「中に入ろう」

身八つ口から手を引くと、剛吉が由紀の手を取り、引いていく。

由紀は手を引かれるまま、本堂へとつづく階段を上がる。戸を押すと、ぎいっと音を立てて開いた。

中は埃《ほこり》まみれだった。ご本尊の阿弥陀如来《あみだにょらい》が座している。

剛吉が小袖の合わせ目に手を入れると、ぐぐっと左右に開いた。

肌襦袢《はだジュバン》に包まれた胸もとがあらわれる。それは豊かな隆起を見せていた。

剛吉はさらに肌襦袢の前もはだけていった。

乳房がこぼれ出た。

「あっ……」

白いふくらみが剛吉の前にあらわになり、由紀はあまりの恥ずかしさに、両腕を抱く。が、豊満な乳房はそのほとんどをあらわにさせたままだ。

「きれいな乳だ、由紀」

「ああ、恥ずかしいです……」

「きれいな乳を見せてほしい」

色男がそう言う。

廃寺の本堂には節穴が無数にあり、そこからお天道様《てんとさま》の日差しがいくつも差しこんできている。

「少しだけなら……」

かすれた声でそう言うと、由紀は自ら両手をわきにやっていく。

ふたたび、美麗なお椀形《わんがた》の乳房があらわれる。

「きれいだよ、由紀」

剛吉が手を伸ばしてくる。たわわなふくらみを真正面から両手でつかんでくる。とがった乳首を手のひらで押しつぶされる。

「あんっ……」

甘い喘《あえ》ぎが唇からこぼれる。

「気持ちいいかい、由紀」

「はい……」

と、由紀はうなずく。

剛吉はやんわりと揉んでくる。

「はあ、ああ……ああ……」

せつない刺激に、由紀は膝立ちの躰をくねらせる。恥ずかしいけど、じっとしていられない。

「顔、埋めていいかな」

うん、と由紀はうなずく。

剛吉が乳房から手を離す。すると淫《みだ》らに形を変えていたふくらみが、お椀形に戻る。そこに、剛吉が顔を寄せてくる。

「あ、ああ……」

乳首がさらにとがっていく。それが恥ずかしい。

剛吉の顔面が乳房に触れた。そのまま埋もれてくる。

とがった乳首が押しつぶされる。手のひらではなく、剛吉の顔で押しつぶされる。

「あ、ああ……ああ……」

躰がじんじん痺《しび》れる。気持ちいい。ただ剛吉が乳房に顔を埋めているだけなのに、気持ちいい。躰だけでなく、心も満たされていく。

剛吉が顔を動かした。乳首を口に含んだ。じゅるっと吸ってくる。

「ああっ……剛吉さんっ」

由紀は天を仰ぐ。阿弥陀如来が目に入る。阿弥陀如来はこんなところで稽古も行かずにはしたないという目で見ている。

ごめんなさい。どうしようもないの……ああ、これが、男と女の関係ですよね。

剛吉がちゅうちゅう乳首を吸ってくる。

「あ、ああ……」

躰から力が抜けていく。由紀は乳首を吸われながら、倒れていく。埃だらけの板間に仰《あお》向《む》けになる。

その直前で、剛吉が由紀の背中に手をまわし、倒れないように止めた。

えっ、と由紀は剛吉を見る。

剛吉は由紀を抱き起こすと、自分の着物を脱いでいく。すると、なんともたくましい上半身があらわれる。

この躰に抱かれると思うと、腰巻の下がきゅんとなる。

剛吉は脱いだ着物を床にひろげた。

「ここに寝て、由紀。きれいな小袖に埃がついたら、台なしになる」

と言う。

「ああ、剛吉さん……」

なんて優しい御方なの。色男で優しい。

剛吉さんを婿養子にできないのかしら。剛吉さんって、仕事はなにをしているのかしら。

聞きたいけど、こんなときには聞けない。

由紀は剛吉の着物の上に仰向けになった。

剛吉が覆《おお》いかぶさってくる。今度は乳房ではなく、由紀の顔に顔を寄せてくる。

唇と口が重なる。わずかに唇を開くと、ぬらりと舌が入ってくる。

由紀のほうから舌をからめる。両手で剛吉の腕をつかむ。剛吉の腕は太い。舌をからませつつ、太い腕にしがみつくのが燃える。

剛吉の手が腰巻にかかる。

「あっ……」

由紀は躰を固くさせる。

すると、剛吉は腰巻から手を離した。

えっ、と由紀は剛吉を見あげる。

「由紀には、決まった人がいるのかい」

「えっ……」

「由紀は益田屋の長女で男がいないんだろう。となると、婿養子を取る話があるんじゃないか」

由紀は益田屋の娘だとは話していた。

「あります……」

「じゃあ、腰巻の中は、婿養子のものかな」

「いいえっ……剛吉さんに……あの……」

「なんだい」

と、剛吉がじっと見下ろしてくる。

ああ、剛吉さんにあげたい……いいよね……あげても、いいよね。

「あの……剛吉さんに……腰巻の中を……」

それ以上は恥ずかしくて言えない。

すると、剛吉がまた口を重ねてきた。舌をからませつつ、腰巻に手をかけてくる。

また、由紀は躰を固くさせる。が、今度は手を引かない。腰巻を由紀の下半身から取った。

そして顔を上げると、由紀の恥部に目を向けてくる。

「あっ、いや……」

由紀は思わず、あらわになった恥部を両手で覆う。

「見たいな、由紀のすべてを」

「私の、すべて……」

「そうだ。由紀だけ見せるなんて恥ずかしいよね。あっしも脱ごうか」

と言うと、剛吉が褌に手をかける。

「えっ、待って……」

思わず止める。

私のあそこはすでに剝《む》き出しだ。そのうえ、剛吉まで全部脱いだら……。

剛吉が褌を取った。弾けるように魔羅があらわれた。

「ひいっ」

思わず、由紀は目をそらした。

はじめて見る魔羅が、想像を絶するくらい大きかったからだ。

「はじめてかい」

うん、と由紀はうなずく。顔を横に向けたままだ。

剛吉が恥部を覆っている右手の手首をつかんできた。そして、右手を股間に導いていく。

「握ってみて」

と、剛吉が言う。

「えっ……」

と、由紀は剛吉を見る。するとまた、たくましく勃起させた魔羅が目に入ってくる。今度は目をそらさなかった。

「握ってみて、由紀」

と、剛吉がもう一度言う。由紀は、うんとうなずき、手のひらを開くと、自分からたくましい魔羅の胴体をつかんでいった。

「あっ……」

「どうだい」

「硬い……硬いです……ああ、なんかすごく……感じます……」

「なにを」

「剛吉さんを……感じます」

当たり前だが、魔羅は生きていた。その息吹《いぶき》を手のひらにじかに感じた。

これを女陰で感じたら、どうなってしまうのか。痛いと聞く。でも、すぐに気持ちよくなるとも聞く。剛吉の魔羅だったら、痛くてもいい。我慢できる。

「舐めてみるかい」

と、剛吉が言う。

「な、舐める……」

「いやかい」

「ううん……舐めたいです」

由紀は上体を起こすと、右手で魔羅を持ったまま、唇を寄せていく。左手では恥部を隠したままだ。

鎌首が迫ると、男の人の匂いがした。

由紀は思わず、鎌首に鼻を押しつけた。

「うんっ、うっんっ」

剛吉の牡《おす》の匂いを嗅ぐ。

「ああ、由紀……」

鼻を押しつけていると、先端の割れ目から白い汁が出てきた。

「あっ、もう出したのですか」

「まさか、それは我慢汁だよ」

「ああ、我慢しているんですか。我慢しなくて、出してください」

「もう出すなんてもったいないだろう。由紀にたくさん尺八《しゃくはち》してもらわないと」

「はい……たくさん舐めます」

由紀は舌を出すと、我慢の汁を舐めていく。おいしいと感じた。きっと剛吉が出しているものだから、おいしいと思えると感じた。

ぺろぺろ舐めると、すぐにあらたな我慢のお汁が出てくる。

「ここを舐めて。裏すじというんだ。男の急所だよ」

と、剛吉が鎌首の下あたりを指さす。

由紀は言われるまま、裏のすじを舐めていく。すると、

「ああ……」

と、剛吉が声をあげて、魔羅をひくひくさせる。

剛吉が感じていると思うと、由紀もうれしくなる。舐めることで、感じさせることで、由紀も感じる。

由紀は裏すじをねっとりと舐め、そのまま舐めあげていく。鎌首には大量の我慢の汁が出ていた。それをぺろりと舐めていく。

「ああ、いいよ、由紀」

鎌首を舐めつつ見あげると、剛吉が由紀を見下ろしている。とても気持ちよさそうな顔をしている。

男の人の魔羅を舐めるなんて、どうなんだろう、と思っていたが、由紀ははや

くも尺八の虜《とりこ》となりつつあった。

由紀は自ら唇を大きく開き、鎌首をぱくっと咥《くわ》えていく。

「ああ……」

剛吉がうめく。

由紀は剛吉を見あげながら、唇を下げていく。反り返った胴体を頬張り、さらに唇を下げていく。

「う、うう……」

咥える長さが増えるほど、剛吉がうれしそうな顔をする。

由紀は剛吉の魔羅のすべてを口で感じたかった。

「う、うんっ、うっんっ」

悩ましい吐息を洩《も》らしつつ、懸命に根元まで呑《の》みこんでいく。

口の中が剛吉の魔羅でいっぱいになった。すると女陰がざわつく。まだ、入口を破られていない穴が、魔羅を欲しがって疼《うず》く。

ずっと口で感じていたかったが、苦しくなって吐き出す。

ごほごほと咳《せ》きこんでしまう。

六

剛吉が由紀を押し倒してきた。恥部を隠している左手をつかむと、ぐっとわきにやる。

男の力を感じて、どきりとなる。

きっと剛吉だからだ。ほかの男なら、なにをするのっ、と怒ってしまうだろう。

あらわにされた恥部を剛吉が見つめる。

「あ、ああ……恥ずかしいです」

「きれいだよ。なんてきれいな割れ目なんだ」

由紀の陰りは薄く、すうっと通った生娘の割れ目は剝き出しだった。それは一度も開いたことがないように見える。

「きれい、ですか……」

「ああ、きれいだ。舐めていいかい」

「な、舐める……」

「そうだよ。いいかい」

「は、はい……お、おねがい、します……」

由紀は生娘の入口を舐めて、と剛吉におねがいしていた。

剛吉が恥部に顔を寄せてくる。

「ああ……だめ……」

恥ずかしくて、右手で恥部を隠してしまう。するとまた剛吉が右手首をつかみ、ぐっとわきにやる。

そんな剛吉の力に、由紀は震える。

ああ、たくましい御方。

割れ目の奥がじんじん痺れる。

まさか男の力強さに、こんなに躰が熱くなるなんて。きっと、相手が好いた男だからだ……婿養子に入るはずの次男相手だとこうはならない気がする。

「剛吉さんって、なにをやっているんですか」

こんなときなのに、こんなときだからこそ、聞いていた。

「気になるかい」

割れ目に息を吹きかけるようにして、剛吉がそう言う。

「いえ……ただ、ちょっと……」

由紀はずっとこのまま剛吉といっしょにいたいと思っていた。いっしょにいるのは夫婦《めおと》になるのがいちばんだ。

「あっしがやくざ者だったら、どうする。割れ目の奥は見せないかい」

「えっ、やくざ者なんですかっ」

由紀は思わず剛吉を見る。剛吉の鼻先に、自分の割れ目がある。

「どうするかい」

「えっ……その……あの……」

やくざ者でもいい。やくざ者でも関係ないっ。剛吉さんがいい。剛吉さんに生娘の花をあげたい。

「剛吉さんがやくざ者でも……いいです」

目の前が霞《かす》んでいた。涙がにじんでいるのだ。どうして涙が出てくるのだろう。

「そうかい。うれしいよ。あっしは日雇取《ひようと》りだ。廻船《かいせん》問屋で、荷物の上げ下ろしをやっている」

「だから、たくましい躰をしているんですね」

日雇取りでは父はゆるしてくれないだろう。でも、やくざ者ではなかった。それだけで充分な気持ちになる。

「いいんだね」

「はい……剛吉さん……」

「泣いているじゃないか」

「いえ、違うんです……どうして泣いているのか、わからなくて」

剛吉が割れ目から顔を上げて、由紀の上体を抱きよせた。そして、しっかりと抱きしめる。

「ああ、剛吉さん」

由紀は剛吉のぶ厚い胸板に顔を埋めていた。剛吉の汗の匂いがする。汗の匂いも好きだ。

「あっしが商人《あきんど》じゃなくて、いいのかい」

「いいんです……」

由紀はぐりぐりと顔を胸板にこすりつける。

剛吉が由紀の股間に手を伸ばしてきた。そして、そっとおさねに触れた。

「あっ……」

せつない刺激を覚え、由紀は甘い声をあげる。

「気持ちいいかい」

剛吉は由紀を抱きしめたまま、おさねを優しくいじっている。

「あ、ああ……気持ち、いいです……ああ、剛吉さん……由紀といっしょになってくださいっ」

「いいのかい」

「剛吉さんがいいんですっ、ああ、今すぐ、由紀を……剛吉さんのものにしてくださいっ」

生娘の花をあげることが、由紀の思いを伝えるいちばんのことだと思った。

「うれしいよ」

また、押し倒された。

今度はすぐに割れ目を開かれた。

「あっ、剛吉さん……」

「きれいだ。なんてきれいな花びらなんだ」

「うれしいです……」

「舐めていいかい」

「はい……」

剛吉の息が花びらにじかにかかる。それだけでも、由紀は軽い目眩《めまい》を覚える。

ぞろりと花びらを舐められた。

「あっ……ああ、そんなとこ……」

恥ずかしくて、消えてしまいたい。

剛吉はぞろりぞろりと舐めつつ、おさねもいじってきた。すると、甘い快感が由紀の躰を流れた。

「はあっんっ……」

たくさんの蜜が出てきた気がした。

「濡れてきたね」

「恥ずかしいです……」

「濡れたほうがいいんだよ。濡らすために、舐めているんだ。濡れてないと、花びらが傷つくからね」

「ああ……」

あのたくましい魔羅が入ってくるのだ。確かに、濡れていないと傷つきそうだ。

ああ、なんて優しい方。自分の欲望のためではなくて、由紀のことを思って、花びらを舐めているんだわ。

ぴちゃぴちゃと股間から蜜の音がする。

恥ずかしい。躰が熱い。

剛吉がおさねも舐めてきた。

「ああっ……」

由紀はがくがくと下半身を震わせていた。

剛吉が起きあがった。閉じようとする両足をつかまれ、ぐっと開かれる。

割れ目はすでに閉じている。そこに剛吉が魔羅の先端を向けてくる。

「あ、ああ……」

躰が震える。震えが止まらない。

「入れるよ。いいんだね」

「はい……剛吉さんのおなごに……してください」

「ありがとう。大事にするよ」

と言うなり、剛吉が鎌首を強く割れ目に押しつけてきた。

すぐさま、閉じていた割れ目が開いた。そこに、野太い先端がずぶりと入ってくる。

「うう……」

痛みが走った。

「痛いかい」

「ううん……大丈夫です」

鎌首が進んでくる。生娘の入口に鎌首が触れたところで、剛吉が止めた。

そして上体を倒し、口を重ねてきた。由紀は剛吉にしがみついていく。しがみつきつつ、舌をからめる。その刹那《せつな》、鎌首が入口を突き破った。

「ううっ」

激痛が走り、由紀は強く剛吉にしがみつく。

剛吉が入ってくる。たくましい魔羅が入ってくる。痛かったが、うれしかった。

これで剛吉のおなごになった。もう一生離れない。剛吉を婿養子にもらうのだ。

父が反対しても、生娘の花をあげたと言えば、あきらめてくれるだろう。

由紀の中が剛吉の魔羅でいっぱいになる。

「ああ、由紀を感じるよ」

「由紀も剛吉さんを感じます」

「すごく締めてくるよ」

「そうなのですか……締めていますか」

「締めているよ。ぜったい離さないと、女陰が言っているよ」

女陰も由紀自身だ。女陰が剛吉に、離れませんと告げているのだ。

「由紀、離れません」

「うれしいよ」

剛吉がゆっくりと腰を動かしはじめる。

「ううっ……」

激痛が走るが、うれしい痛みだ。剛吉と一体になったのだ。

ずっと剛吉といっしょなのだ。

「ああ、すごい締めつけだ」

剛吉はうなりながら、突きに力を入れてきた。

「ああ、ああ……剛吉さんっ」

痛みだけではなく、躰の奥が熱くなる。

由紀はしがみついたまま、うっとりとなった。

第五章　未熟者

一

「いただきます」

千紗があごを反らして、お猪口《ちょこ》を空けていく。

真之介はじっと見ている。真之介は毎晩千紗に通っていた。

千紗が女郎蜘蛛《じょろうぐも》ではないかと疑い、その証《あかし》を見つけるために通いはじめたのだが、今はそれだけではなくなっていた。

というか、千紗が女郎蜘蛛でも、どうでもよくなっていた。

「はあっ……おいしい」

冷やで濡れた唇が色っぽく動く。

「旦那《だんな》もどうぞ」

と言って、千紗が徳利からじかに口へと冷やを移した。

「なにをしている」

千紗が美貌《びぼう》を寄せてくる。冷やを入れた口を寄せてくる。

店の中は、真之介だけだった。

千紗の唇が迫る。佳純の顔が浮かんだが、真之介は千紗の唇を受けてしまう。

開くと、どろりと冷やを流しこまれる。

それで終わりではなかった。千紗はそのまま舌をねっとりとからめてくる。

「うんっ、うっんっ」

真之介の舌を貪《むさぼ》ってくる。

想像以上の口吸いだった。舌をからめているだけで、股間までびんびん響いてくる。

また佳純の顔が浮かんだ。すまない、と真之介は千紗の唇から口を引こうとする。

「ああ、誰か、思い人がいらっしゃるのですか」

と、すかさず千紗が聞いてきた。

「い、いや……いや、いる……」

「そうなのですか」

と言いつつ、千紗はすぐさま唇を重ねてくる。ぬらりと舌が入ってくると、それを拒《こば》めない。

わしには思い人がいるのだ。佳純さんがいるのだ。だから口吸いはできぬのだ、千紗っ。

そう心の中で叫びつつも、真之介は千紗と舌をからめている。一度からめると、引けないのだ。

「う、ううっ」

思い人がいるっ、と叫ぶ。が、うめき声にしかならない。

千紗は舌をからめつつ、真之介の右手を取ると、身八つ口へと導いていく。

指の先が乳房の側面に触れた。

「なにをしているっ」

真之介は口も手も引いた。

「わしには思い人がいるのだっ」

「でも毎晩、千紗に会いにいらっしゃっていますわ」

千紗が妖《あや》しい光を湛《たた》えた瞳で、じっと真之介を見つめている。

「それはこの店の雰囲気が気に入っているからだ」

「それだけですか」

もちろん、それだけではない。千紗が夜叉姫ではないかと疑っている。証を見つけに通っている。そして、それだけでもない。

千紗に……佳純さんがいるというのに、千紗に……会いたくて……来ていた。

「さあ、お乳を……」

と、右手をつかまれ、ふたたび身八つ口へと導かれる。

真之介は導かれるまま、ふたたび身八つ口へと手を入れる。そして、わきから乳房をつかんでいた。

「あっ……」

と、千紗が声をあげる。

真之介は揉《も》んでいく。

ああ、なんという揉み心地だ。佳純のぷりっと張った乳房とはまた違い、五本の指を食いこませるだけで、股間が疼《うず》く揉み心地だ。一度揉んだから、手を引けなくなる。

真之介はたわわなふくらみを揉みつづける。

「あ、ああ……」

千紗が美貌を寄せてくる。半開きの唇から、甘い喘《あえ》ぎが洩《も》れている。

真之介は乳房を揉みつつ、千紗の唇を奪う。ぬらりと舌を入れる。

魔羅《まら》の先端から大量の我慢汁が出るのがはっきりとわかった。

「うんっ、うっんっ」

乳を揉むほどに、火の息が吹きこまれてくる。

このまま小袖《こそで》の胸もとをはだけ、顔を埋《うず》めたくなる。

戸の向こうに人の気配を感じた。

真之介が口と手を引いた刹那《せつな》、がらりと戸が開き、常連の三人組が入ってきた。

「あら、いらっしゃいっ」

千紗が笑顔を見せて、立ちあがる。

三人組は一瞬、店の空気の淫《みだ》らさを感じたような顔をしたが、すぐに千紗の笑顔にでれでれとなる。すでに酔っているようだ。

「あら、どこかで浮気をしてきたんですか」

「いや、ちょっとね」

三人組のひとりがそう言う。

「あら、私の魅力に飽きたのかしら」

と、千紗が言い、そろりと三人組のひとりの顔を撫《な》でた。

するとその客は、そのまま腰が抜けたように座る。

「米吉《こめきち》さん、大丈夫かい」

と、ほかのふたりが腰が抜けたような男に声をかける。

「ああ……」

米吉はうつろな目を宙に向けている。

「俺も頼むぞ」

と、ほかのふたりも酔った顔を千紗に寄せる。千紗はふたりの頬《ほお》もそろりと撫でた。

その間、真之介はずっと千紗の胸もとを見ていた。小袖越しにも豊かだとわかる乳房。

ああ、もっと揉みたかった。ふたつ同時に揉みしだきたかった。

三人組は酒を頼み、千紗に酌《しゃく》をされて喜んでいる。

「ところで、相変わらず湯屋には行っていないのかい」

と、米吉が聞く。

「はい。行水だけですよ」

「見たいな」

と、米吉が言う。

「そうだ。見たい、見たいっ」

かなり酔っている三人組が声をそろえてそう叫ぶ。

「私の行水姿なんて、見たいですか」

と聞きつつ、真之介のほうを見る。

その目にどきりとなる。思わず真之介も、見たい、と答えてしまう。

「ほら、お武家様も見たいとおっしゃっているぞ、千紗っ」

見たい、見たいっ、と三人組が手拍子をする。

「わかりました。浮気されないように、今宵《こよい》は行水姿をお見せしますわ」

と、千紗が言った。その瞬間、店の中が静まり返った。

「い、いいのかい」

米吉が聞く。

「見たいと言ったのは、米吉さんでしょう」

「そ、そうなんだが……」

「見たくないのなら、お見せしませんよ」

「見たい、見たいぞっ」

と、三人組が叫ぶ。叫びながら、真之介を見てくる。なぜか、同志を見る目になっている。お武家様がいっしょなら、安心だという目になっている。

三人組もどこかで千紗が夜叉姫だと疑いつづけているのだろう。万が一、股間に女郎蜘蛛の彫物があっても、お武家がどうにかしてくれると思っているのだろう。

どうにかって、どうする……。

まさか、股間の女郎蜘蛛が食いついてくることはないだろう。魔羅を出さない限り。

しかし、千紗のほうから行水姿を披露《ひろう》すると言い出すとは。

それから店が閉まる前で、異常な沈黙の中に包まれた。みな、千紗の小袖姿を舐《な》めるように見ながら、ちびちびと酒を飲んだ。

それからあらたな客が来ることはなく、店じまいとなった。

千紗が行灯《あんどん》の火を消し、暖簾《のれん》を下げた。

「奥が庭になっています。用意ができたら、呼びますから」

「なんか、怖い兄さんが出てこないよな」

と、米吉が言う。

「そのときは、お武家様が」

と、ほかのふたりが頼るように真之介を見やる。

「私は独り身ですよ」

と言うと、千紗は下がった。

それから、どれくらい待ったのか、ほんのちょっとかもしれないし、小半刻ほど待たされたのかもしれない。

とにかく、とてつもなく、ときがすぎるのが遅かった。

「用意できましたよ」

と、奥から千紗の声がした。

それだけで、真之介は勃起させていた。恐らく三人組もそうだろう。

二

真之介を先頭に店の奥を進む。すると勝手口を出たところに、ちょっとした庭があり、そこに大きめの盥《たらい》が置かれていた。盥には水が張ってある。

奥から浴衣《ゆかた》姿の千紗が出てきた。

それだけで、真之介は生唾《なまつば》を飲みこんだ。

千紗の全身が月明かりを受けて、浮かびあがっている。

千紗は妖艶《ようえん》な眼差《まなざ》しで四人並んだ男たちを見やり、盥の中に素足を入れる。そして背中を向けると、浴衣の帯を解《ほど》いた。躰《からだ》の線に沿って浴衣が下がり、背中があらわれる。

華奢《きやしや》な背中だ。腰のくびれが素晴らしい。

千紗は腰巻をつけていた。それも、背中を向けたまま下げていく。

むちっと実った双臀《そうでん》があらわれた。

くびれから尻にかけての線に、男たちは目を見張る。

腰巻も足下に落ちた。

今、男たちの前で生まれたままの姿となっている。股間も剝《む》き出しだ。ただ、背中を向けている。気になる恥部はまだ見えていない。

「どうですか」

と、千紗が聞く。

「あ、ああ、きれいだよ……なんて尻だよ」

と、米吉が言い、そうだ、なんて尻だい、とほかのふたりもうなる。

「新崎の旦那はいかがですか」

尻を向けたまま、千紗が首をねじって、こちらを見つめている。裸になって、さらに黒目が妖しく絖《ぬめ》っている。

「よい、尻だ……」

情けないが、声がうわずっている。

「お乳も、見たいですか」

「み、見たい……」

「では……」

と、千紗がこちらを向いた。右手で乳房を抱き、左手の手のひらで恥部を隠している。

恥部をじっと見たが、女郎蜘蛛ははみ出ていない。

どうなのか、あの手のひらの奥に、女郎蜘蛛は息づいているのか。

「乳、隠さないで、見せてくれ」

と、米吉が言い、ほかのふたりも、見せてくれ、と言う。

「新崎の旦那はどうですか」

「見せてくれ……見たいぞ」

では、と千紗が、乳房を抱いている右手を離す。するとたわわに実った乳房が月明かりの下に、すべてあらわれた。

乳首はすでにつんとしこり、ふるふる震えている。

「ああ、なんて乳だい」

千紗は左手の手のひらで恥部を隠したまま、その場にしゃがむと、右手の手のひらで、盥の水を自らの裸体にかけはじめる。

鎖骨《さこつ》が、乳房が、太腿《ふともも》が濡れていく。

白い肌が水で絖光っていく。なんともそそる眺めだ。

「みなさんも、かけてくださいな」

と、千紗が言う。

米吉を先頭に三人組が盥に迫り、しゃがむと盥から水を掬《すく》って、千紗の裸体にかけはじめる。

乳首に水がかかると、あっ、と千紗が声をあげる。

千紗が真之介を見やる。

「旦那もどうですか」

と誘ってくる。

新米同心と呼ばれていても、武士だ。盥の前にしゃがみ、掬った水を女体にかけるなど、そのようなことはできない。

「楽しいですよ」

と、米吉も誘ってくる。ほかのふたりも、どうぞ、と目を向けてくる。三人とも幸せいっぱいの顔をしている。

「わしは、遠慮しておく……」

「そうですか」

米吉たちが、千紗の恥部を狙《ねら》いはじめる。左手の手のひらで、きわどく隠されている恥部に水をかけていく。手の甲が濡れていく。

「そんなに、ここが見たいですか」

「見たい、見たいよ」

三人組が声を昂《たかぶ》らせる。

千紗が、ふたたび背中を向けた。しゃがんだままゆえ、踵《かかと》に尻たぼを乗せる形となる。尻たぼに踵がめりこむ様が、なんともそそる。

千紗は背中を向けた状態で、左手の手のひらを恥部から離していった。両腕を万歳するように上げつつ、立ちあがっていく。

「おう……」

素晴らしいうしろ姿に、三人組が感嘆の声をあげる。

しかも今、恥部はあらわなのだ。前にまわれば、千紗の股間がわかる。

前にまわるのだ、真之介っ。はやくしろっ。確かめるのは、町方としてのお務めではないかっ。そのために、通っていたのだろう。

「そのまま、こっちを向いてくれよ」

と、米吉が言い、そうだそうだ、とほかのふたりも囃《はや》す。

「旦那も、そう思いますよね」

と、米吉が同意を求めてくる。すでに、真之介は三人組の同志となっている。

「そうであるな」

と、他人事《ひとごと》のような返事をする。

「あら、旦那はさして見たくないようですね」

背中を向け、万歳した形のまま、千紗が細長い首をねじって、なじるように、こちらを見る。

「いや、そのようなことはない。見たいぞ」

「そうですか……」

千紗はふたたび左手の手のひらで恥部を隠し、こちらに向きなおる。

真之介は股間を見る。なにか、手のひらからはみ出ているように見える。

しゃがんだままの三人組が黙りこんで、恥部を見ている。

なにか、彫物があるのか。女郎蜘蛛なのかっ。

そばで見たい。そばで確かめたい。

「すまぬ。ちょっと邪魔をする」

と言って、しゃがみつつ、三人組の間に割りこもうとする。が、三人組は千紗の恥部を惚《ほう》けたような顔で見ていて、譲ろうとしない。

「すまぬ。空けてくれぬか」

無理やり躰を押しこみ、千紗の目の前に進んだ。

手のひらから、なにかはみ出ていた。

足か。これは女郎蜘蛛の足か。

「彫物をしているのか」

と、思わず聞く。

「まさか」

千紗が裸体の向きを変えようとする。

「待てっ」

と、真之介は手を伸ばし、千紗の手首をつかみ、引き剝《は》がそうとした。

が、剝がす前に、千紗は尻をこちらに向けた。

「無理やり見るなんて、旦那も意外と野暮ですね」

と言うと、盥から出た。

「待て、千紗っ」

真之介は前にまわろうとした。が、あわてていて足がもつれ、盥に足をかけてしまう。

「あっ……」

前のめりに倒れつつ、千紗の足にしがみつこうとする。

が、足に手が触れた刹那、すばやく払われた。

その足の動きを見て、千紗が夜叉姫に間違いないと、真之介は見た。

真之介は地面に倒れつつ、長い足を運ぶたびに、ぷりぷりと誘うように揺れる尻たぼを、じっと見ていた。

三

同じ頃、佳純は火盗改の頭《かしら》、多岐川主水と竹刀《しない》を合わせていた。

このところ、毎晩のように主水は姿を見せていた。そして、佳純は主水が姿を見せるのを、心待ちにするようになっていた。

もちろん、自分より強い剣客と手合わせができるからだ。

……もちろん、そうだ。それだけだ……。

「面っ」

佳純は一気に間合いを詰めて、面を打つ。主水はそれを受けて、佳純の竹刀を横に流す。

佳純は流されつつも、すぐにまた面を打った。

並の剣客なら、見事に面が決まるところだったが、主水はぎりぎり鼻先で受けた。佳純は竹刀を引かず、そのまま押していく。鍔迫《つばぜ》り合いとなる。

主水は真剣な目で、佳純を見ている。おなごだからとまったく手加減はしていない。真剣勝負の目だ。

その目に、佳純はぞくぞくする。今も主水の真剣勝負の目を間近で見たくて、鍔迫り合いに持ちこんでいた。

主水がさっと竹刀を引いた。主水の目に気を取られていた佳純は、思わず前に動いた。

顔と顔が接近する。主水は動かなかった。口と唇が今にも触れそうになり、佳純ははっとして下がった。

するとすぐさま、主水が面を打ちこんできた。

避ける暇もなく、額に竹刀が迫った。寸止めにはならず、ぴしゃりと額で音がした。

「すまぬ……」

「いいえ……未熟者《はじ》ゆえ……」

竹刀で額を弾かれた刹那、佳純はわずかに、あっ、と声を洩らしていた。

額からせつない痺《しび》れが走ったのだ。

なんてことだ。面を決められ、感じてしまったのだ。このようなことがあるのだろうか。

「しばし休むか」

「えっ……」

「息が乱れている」

主水がじっと佳純を見つめている。息づかいの変化を気づかれてしまったのか。面を打たれて、感じてしまったことを、主水に気づかれてしまったのか。

主水は剣の達人だ。剣を持って立ち合えば、相手のすべてを見抜いているような気がする。

「いいえ、これしき……」

佳純は息の乱れをごまかすべく、たあっ、と竹刀を振っていく。

が、気合だけの竹刀など、主水に簡単にかわされる。

すぐにまた、主水の突きが迫ってきた。一度はかわしたが、すぐにふた突きめが胸もとに迫り、かわせなかった。

稽古着《けいこぎ》の上から、胸もとを突かれた。それは偶然にも、乳首を直撃していた。

「あんっ」

晒《さらし》の上からとはいえ、主水の竹刀で乳首を突かれ、佳純はあきらかに感じてしまっていた。

主水は胸もとを突いたまま、動きを止めていた。

「佳純どの……すまぬ……」

「い、いいえ……私が未熟なだけです」

主水が乳首から竹刀を引いた。すると張りつめていた糸が切れたように、佳純はその場に片膝《かたひざ》をついた。

「大丈夫か、佳純どの」

すぐさま主水も片膝をつき、佳純の肩をつかむ。

「だい、じょうぶ……です……」

声が甘くかすれていた。乳首を打たれ、感じていることがあからさまにわかった。佳純は主水を見つめていた。唇は、大丈夫です、と答えた半開きのままだった。

「佳純どの……」

主水が抱きよせた。佳純は抱きよせられるまま、躰を主水に預けていった。

口と唇が迫った。

今度は下がらなかった。そのまま、ふたつの口が重なった。

一度重なってしまうと、もうだめだった。主水は強く抱きしめ、強く口を押しつけてくる。

そして、ぬらりと舌を入れてきた。

舌先が触れ合うと、佳純のほうからからめていった。これまでずっと、数えきれないくらい立ち合いながら、思いを押しとどめていたことに気づいた。それが爆発してしまっていた。

「うんっ、うっんっ、うんっ」

ぴちゃぴちゃと舌をからめ合った。

佳純は主水の腕を強くつかんでいた。荒い息を吐きかけ、舌を貪《むさぼ》る。

ようやく、主水が口を引いた。

すると、佳純は我に返った。

なんてことをしてしまったのか……多岐川様には妻子がいるし、私には真之介様がいる……いや、多岐川様の妻子は確かなものだが、真之介様の存在はどうなのか……真之介様がはっきりしないから、こうなったのか。

いや、真之介様のせいにしてはいけない。真之介様が悪いわけではない……私が悪い……ふしだらなおなごなのだ……。

「すまない……」

と、主水が謝る。

「いいえ、そんな……私こそ……ふしだらなまねを」

「ふしだらではないっ。佳純どのはふしだらではないぞっ」

と、主水が大声をあげる。

そしてまた、唇を奪ってきた。またも、佳純はそれに応《こた》えた。

「うんっ、うっんんっ、うんっ」

舌と唾をからめ合う。躰が熱い。脳まで熱い。

貪るように舌を吸い合うと、主水が口を引いた。

「ああ、なんということだ……自制できぬ自分が恥ずかしい……」

主水はおのれの頬を張った。

「多岐川様……」

「また竹刀を合わせに来てもよろしいか、佳純どの」

「もちろんです……お待ちしています」

これで終わりにはしたくなかったから、とりあえず、ほっとした。

でも次、また竹刀を合わせたら、どうなるのだろうか……。

「御免……」

と、主水が去っていった。

佳純はその背中を潤《うる》んだ瞳で見送っていた。

四

真之介は興奮していた。

夜叉姫を見つけた。女郎蜘蛛を見たわけではなかったが、ほぼ間違いない。

気がついたときには、佳純の家のそばまで来ていた。佳純に話したかったのだ。

生け垣からのぞくと、佳純が庭に立っていた。竹刀を手にぼんやりしている。

そして、唇を小指で拭《ぬぐ》う。

なにをしているのだ。いつもとどこか雰囲気が違い、声をかけるのをためらってしまう。

佳純はあっとため息をつき、そして竹刀を置くと、ぱんぱんと両手で両頬を張った。気合を入れているのか。どうして、こんな刻限に気合を入れる。

佳純は竹刀を手にすると正眼に構え、素振りをはじめる。

するとすぐに、真之介に気がついた。

「真之介様……」

こちらに向ける笑顔が、強張《こわば》っているように感じた。

いつもなら、屈託のない笑顔で迎えてくれるのに。

「こんばんは」

と、声をかけ、真之介は裏木戸から庭へと入った。

「稽古の邪魔をしたかな」

「いいえ……なにか、よいことでもありましたか」

佳純がすぐに、そう聞いてきた。

「えっ……わかるのか」

「もちろん。真之介様はすぐに顔に出る御方《おかた》だから」

と言って、笑顔を見せる。さきほどよりは自然な笑顔だ。

「夜叉姫らしきおなごを見つけたのだ」

「まあ、真《まこと》ですか」

佳純が目をまるくさせる。

「女郎蜘蛛を見たわけではないのだが、かなり怪しいおなごを見つけたのだ。はっきりと女郎蜘蛛は見ていないが、蜘蛛の足らしきものは見えたのだ」

「女郎蜘蛛は……あの……あそこに……入れているのですよね……どうやって、

女郎蜘蛛の足を見たのですか」

まずい。調子に乗って、よけいなことを言ってしまった。だから、新米様と言われるのだ。

「それは、その……」

真之介は口ごもる。

「そのおなごのあそこを見たのですよね」

「いや、違うのだ。見ていない」

答えになっていない。町方のこちらが尋問を受けるような立場になってしまっている。

「今、女郎蜘蛛の足を見たと、だから、夜叉姫に違いないと」

「そうであるな」

「のぞいたのですか」

と、佳純が聞く。

「まさか……そのようなまねは……」

「では、どうやって……まさか、そのおなごと……」

佳純の美貌が強張る。

「まさか。なにもないっ、なにもないぞっ」

口吸いや乳の感触を思い出し、真之介は狼狽《うろた》える。

これでは、なにかあったと言っているようなものではないか。

「信じています……」

と、佳純が言う。

「そ、そうか……」

急に佳純が笑顔をなくし、素振りをはじめる。

やはり、今宵の佳純はなにか変だ。こういうときは竹刀を合わせるのがよい。

「手合いを頼もう」

と、真之介は言う。

そして、腰から一本を抜く。佳純のそばに、一本竹刀があった。

「誰かと、稽古をしていたのか」

と、真之介が聞くと、

「えっ……いいえっ。誰とも、していませんっ」

と、佳純が大声をあげる。そして、しゅっと竹刀を振る。

「竹刀があるぞ」

と、佳純のそばにあった竹刀を手にした。

「そ、それは……」

佳純が言いよどむ。

「それは、どうした」

と聞きつつ、真之介は正面に立ち、竹刀を構える。

「それは……知りませんっ」

と言うなり、佳純が詰めよってきた。面を打ってくる。

真之介はあっさりとかわし、小手を狙う。

ぴしっと小手に当たる。

決めた真之介のほうが驚いた。まさか、こうもあっさりと決まるとは思っていなかったのだ。だから、寸止めもしなかった。

「なにかあったのか」

「なにもありませんっ」

佳純が竹刀を振ってくる。いつもの切れ味のある動きとは違う。

真之介はまたもあっさりとかわし、面を打つ。今度はぎりぎり、佳純は受けた。

真之介はそのまま鍔迫り合いへと持ちこむ。

顔が接近する。いつもなら、すんだ瞳でこちらを見てくる佳純が視線をそらす。

佳純の唇を見て、はっとなる。

いつもはきりりと引きしまっている唇が、わずかに開いているのだ。さきほど、佳純はぼんやりした顔で小指で唇を触っていた。

もしや、誰かと……。

真之介はさらに竹刀を押しやった。佳純は押しこまれるまま、下がっていく。唇が誘っている。いや、そう見えるだけだ。でも、引きしまっていない。開いている。

真之介は佳純の竹刀を弾いた。

「あっ……」

佳純の手から竹刀が離れた。

次の刹那、真之介は佳純の唇を奪っていた。

五

真之介の口が触れた刹那、佳純の躰に雷が落ちた。

舌がぬらりと入ってきた。

真之介は竹刀を捨てて、佳純を強く抱きしめた。

佳純は抱かれるまま、その身を委《ゆだ》ねた。舌もからめられるまま、委ねていた。

なんてことだ。多岐川主水と口吸いをして、半刻も経《た》たぬうちに、真之介とも口吸いをしてしまった。

真之介の舌遣《したづか》いは、いつにも増して情熱的だった。

佳純はそんな真之介に圧倒されていた。

もしや、主水との口吸いに気づかれたのでは。それが怒りではなく、悋気《りんき》を呼び、情熱的な口吸いになっているのでは。

佳純も舌をからめていく。

「うんっ、うっんっ、うんっ」

貪るような口吸いとなる。さきほども妻子ある火盗改の頭と貪るような口吸いをしたばかりではないか……。

なんてことだ……いつの間に、私の躰はこんなに淫らになったのか……きっと色右衛門のせいだ。色右衛門が私の躰を淫らに変えてしまったのだ。

そうだろうか。

そもそも私の躰の中には、好色な血が流れているのではないのか。

「佳純さんっ」

口を離すと、真之介が稽古着の帯に手をかけてきた。

あっ、と思ったときには、帯を解かれ、前をはだかれていた。晒が巻かれた胸もとがあらわれる。

豊満ゆえ、すべてを包みきれず、白いふくらみがはみ出てしまっている。

それが月明かりを吸って、艶《なま》めかしく浮かんでいる。

真之介は息を荒らげ、晒を引き剝いでいく。

「真之介様……どうなされたのですか……」

お互い肉のつながりを持つ寸前に何度も邪魔が入り、それからひと月、まったく手を出してこなかった真之介が、今宵は獣になっている。

きっと私がそうさせているのだ。主水と口吸いをして、私の躰は変わってしまったのだ。牡《おす》を引きよせる躰になってしまったのだ。

真之介は無言で晒を毟《むし》り取った。

たわわに実った乳房があらわれる。それはやや汗ばんでいた。乳首はすでにつんとしこっている。

これは真之介と口吸いをしてとがった乳首ではない。主水と口吸いをしてとがらせた乳首だ。

真之介は両手でふたつの乳房を鷲《わし》づかみにしてきた。

手のひらで乳首を押しつぶされ、

「はあっ……」

と、佳純は火の息を洩らす。

真之介はぐぐっと十本の指を白い乳房に押しこむと、力強く揉んでくる。

誰と口吸いをしたのだ、誰にこの乳を揉ませたのだ、と問うているような揉みっぷりだった。

ああ、口吸いはしましたけど、お乳は揉まれていません……。

そう答えたかったが、じかに聞かれているわけではないから答えられない。

真之介は無言で、ひたすら佳純の乳房を揉みしだいている。

「ああ、真之介様……今宵……ひと思いに……佳純を……」

そう口にして、なんとはしたないことを言っているのかと、佳純は自分で驚く。

真之介も驚いた顔をしている。

が、乳房から手を引くと、寝巻をぐっと引き下げ、そして腰巻に手をかけてきた。

佳純はされるがままでいた。もとより、真之介のおなごになるつもりでいたのだ。それが何度か邪魔が入り、佳純は生娘《きむすめ》のままだった。

だから、惑うのだ。

真之介様、佳純をあなた様のおなごにしてください。

腰巻を取られた。月明かりに、割れ目が浮かびあがる。

「ああ、佳純さん……」

真之介がその場にしゃがんだ。すぐさま、割れ目に顔を押しつけてくる。額がおさねを押し、躰が痺れる。

「はあっ、あんっ……」

佳純は生まれたままの姿で、火の喘ぎを洩らす。

真之介はぐりぐりと顔面をこすりつづけている。

ああ、魔羅を……ああ、魔羅を出してください、真之介様……そうしないと、また邪魔が……。

「魔羅を……」

と、心の中の思いが口からこぼれる。

真之介は立ちあがると、自ら着物の帯を解いていく。そしてさっと脱ぎ捨てると、下帯《したおび》にも手をかける。

そのとき、

「泥棒っ」

と、近くから大声が聞こえた。

それを聞いた真之介が大刀《だいとう》を手にして、御免、と言うなり、下帯一枚で駆け出した。

「真之介様……」

佳純はまたもおなごになれなかったと思いつつ、真之介のうしろ姿を見つめた。

六

数日後――。

「灯が点《つ》いていない」

いつもなら、この刻限には点いている千紗の行灯の明かりが、今宵はついていなかった。

胸騒ぎを覚える。千紗が夜叉姫なら、今宵動く。

真之介は行水姿を見たあとも、毎晩、千紗に通っていた。米吉をはじめとする三人組も、通ってきていた。

これまでは陽気な酒だったが、行水で妖艶な裸体を見てからは、酒を飲んでいる間も、小袖の上から透かすような目で、じっと千紗を見るようになっていた。

ほかの常連客がいるときは、いつもと変わらなかったが、真之介と三人組だけになると、とたんに店の中が淫猥《いんわい》な雰囲気となった。

が、誰も、また行水を見たいとか、千紗の裸体を見たいとか言い出す者はいなかった。

真之介は千紗の店を張ることにした。本来であれば、町方の応援を頼むところだが、女郎蜘蛛の彫物を見たわけでもなく、証としては弱かった。

真之介の読みがはずれたら、これだから新米同心は、と言われるだけである。

とにかく、じっと待つ。なにもなければ、それはそれでよい。

待っていると、いやでも先日の夜のことが浮かぶ。

あきらかに先日の佳純はいつもと違っていた。そもそも佳純に、あんなに竹刀が決まることはない。それだけでも変だとわかる。しかも立ち合っていて、佳純からはおなごの色香を強く感じた。

それゆえ、口吸いをしてしまった。乳まで出してしまった。裸にしてしまった。

邪魔が入らなければ、最後まで……。

いや、そうだろうか……邪魔が入らなくても、佳純をものにしていない気がする。

千紗の家から人影が出てきた。千紗ではなく、男だ。ひとり、ふたり、三人。みな、黒装束である。

そして最後に、男たちとはあきらかに違い、線の細い者があらわれた。おなごだ。胸と尻が張っている。

やはり、夜叉姫っ。

四人組は月明かりの下、すでに町木戸が閉じている江戸の町に消えていく。

真之介も追った。

由紀はこっそりと寝間を出ると、母屋《おもや》の台所から外に出て、裏の戸までやってきた。心の臓がずっと高鳴っている。

――今宵、由紀の家で会いたいな。

いつもの廃寺の本堂で口吸いをしつつ、剛吉がそう言ったのだ。

――私の家で……。

――そう。夜中、こっそり会うんだ。なんか、わくわくするだろう。

九つ（午前零時）になったら、裏の戸の閂《かんぬき》を抜いて待っていてほしい、と言われた。由紀は迷ったが、承諾した。断って剛吉の機嫌を損ねるのがいやだったのもあるけれど、由紀自身、夜中に剛吉と会いたかった。

由紀は裏の戸の閂を開けた。すると待つほどなく、とんとんと戸がたたかれた。

「由紀かい」

と、戸の向こうから剛吉の声がした。

「ああ、剛吉さんっ」

「由紀だけかい」

「そうだよ」

そう答えると戸が開き、黒装束の男たちが入ってきた。

あっ、と思ったときには口を手のひらで塞《ふさ》がれ、鳩尾《みぞおち》に拳《こぶし》を入れられていた。

由紀はその場に崩れ落ちた。

中に入るなり、絹が戸を閉じようとした。

「待て」

と、声がかかり、店の常連の男が入ってきた。新崎と名乗っていた。

やはり町方だったか、と絹は思い、すぐさま崩れている由紀を抱きよせ、その頬に懐《ふところ》から出した小刀を向けた。

「動くと、かわいい顔に傷がつくよ」

新崎に向かって、そう言った。

新崎は大刀さえまだ抜いていなかった。

甘い。新米だろうか。新米ゆえに、町方の気配を強く感じなかったのか。町方かと疑ったこともあったが、勘ぐりすぎだと思っていたのだ。

剛吉が新崎に迫り、腰から大刀を抜こうとする。

「やめろ……」

新崎がそう言うと、絹は由紀の寝巻の胸もとを剝いだ。そこからたわわなふくらみがあらわれた。

「動くと、きれいな乳に傷がつくよ」

乳房を見て、新崎の手が止まる。その間に、剛吉が腰から大刀を鞘《さや》ごと抜いた。

そしてすぐさま、鳩尾に握り拳を埋めこんでいった。

「ぐえっ……」

一撃で町方が膝を折った。

「甘いね、旦那。このおなごの乳に傷がついても、大刀を抜くべきだったね」

絹は店の常連に話しかける。

「おまえは、夜叉姫だな」

「そうよ、旦那」

「おのれっ」

と、新崎が苦しそうにうめきつつも、立ちあがろうとする。

「やりな」

と、絹が言う。

「殺すんですかい」

「いや、町方の精汁を浴びたことはないんだ。町方の魔羅も咥《くわ》えてみたいね」

「わかりました」

と、剛吉が新崎のうなじに手刀を落とした。

「ううっ」

と、新崎が顔面から倒れていく。

「甘さが命取りさ、旦那」

絹は由紀を放すと新崎に近寄り、髷《まげ》をつかむと顔を上げた。そして、頬をそろりと撫でる。

「さあ、行くよっ」

と言い、先頭で母屋の台所に向かった。

琢磨と弥平が新崎を抱え、母屋に引っぱっていく。

剛吉は由紀に猿轡《さるぐつわ》を噛《か》ませると、うしろ手に縛った。由紀は気を失ったままだ。

「悪く思うなよ、由紀」

剛吉は由紀に顔を寄せ、その優美な頬に口を押しつけた。

七

「やめてくれっ」

男の叫び声を耳にして、真之介は目を覚ました。

すると真之介の目に、いきなり女郎蜘蛛が入ってきた。ずっと見たいと思っていて、なかなか見られなかった女郎蜘蛛だ。

女郎蜘蛛が初老の男に迫っていく。男は裸だった。うしろ手に縛られていたが、あらわな魔羅は天を向いていた。

なにをしているっ、と真之介は叫んだが、うめき声にしかならない。

猿轡を嚙まされていた。うしろ手に縛られ、そろえた足首にも縄をかけられていた。

魔羅喰いの絹とふたつ名があるとおり、押し入った先で主人の魔羅を喰おうということか。

絹が主人の股間を白い足で跨《また》いだ。絹も裸だった。この前見た、たわわな乳房だけではなく、今宵は股間もまる見えだ。

それでいて、頭巾《ずきん》だけはかぶっている。それが、逆になんともそそった。

「やめろっ」

「魔羅喰いの絹の女陰《ほと》を知りたくないのかい、益田屋吉三郎《きちさぶろう》」

と、主《あるじ》の名を呼ぶ。

名前を呼ばれ、吉三郎は目を見張る。

「どうだい、知りたくないのかい」

「千両箱なら、好きなだけ持っていってくれっ。頼むから、魔羅は喰わないでくれっ」

と、絹とのまぐわいを拒む。

夜叉姫は、押し入った先の主人や番頭たちの精汁を干からびるまで吸い取る、という噂《うわさ》が、読売で流れていた。

「どうしてだい、私の女陰で包まれたいだろう、益田屋」

絹が魔羅をつかみ、股間を下げていく。

すると、女郎蜘蛛の口がぱっくりと開き、中から発情した花びらがあらわれた。

それを目にして、益田屋の主人の魔羅がひくつく。

やめろっ、と真之介が叫ぶ。まわりでもうめき声がする。

見まわすと、広い座敷に、真之介も入れて五人の男が縛られて、猿轡を嚙まされ、ころがされていた。

しかもみな、裸に剝かれていた。五本の魔羅はみな、天を向いている。真之介の魔羅も女郎蜘蛛を目にした刹那、一気に勃起していた。

夜叉姫の一味は、裸の絹以外に、手下がひとり控えている。こちらは黒装束のままだ。

「ああ、ああっ、いい、いいっ」

隣の部屋から、おなごのよがり声が聞こえてきた。

「あっ、初美《はつみ》っ、初美っ」

と、吉三郎が叫ぶ。苦悶《くもん》の表情を浮かべる。

「ほら、聞いたかい。あんたの後妻も、押し込み相手によろしくやっているじゃないか。こっちも楽しもうよ」

どうやら手下が隣で後妻とやっているようだ。

「いい、いいっ、魔羅いいっ」

後妻は絶叫している。

「初美っ」

吉三郎が名を呼ぶが、それをかき消すように、

「いきそう、いきそうですっ」

と、初美がよがっている。

「ほら、こっちも楽しもうよ」

と、絹が腰を落とした。女郎蜘蛛の口が魔羅の先端を咥えていく。

「うう、ううっ」

やめろっ、と真之介は叫ぶ。絹たちにつづいて中に入ったとき、どうしてすぐに大刀を抜けなかったのか。すぐさま抜いて斬《き》れば、このような無様なことにはなっていなかったのだ。

甘いね、旦那、と絹に言われた。

そうだ。わしは甘い。同心として甘い。

新米様の異名を撤回させるためにがんばっていたが、このざまだ。

絹の女陰が、吉三郎の魔羅を呑《の》みこんでいく。するとすぐに、

「おう、おうっ」

と、吉三郎が叫ぶ。

「気持ちいいかい、吉三郎」

根元まで咥えこむと、絹が腰をうねらせはじめる。

「あ、ああっ」

吉三郎が大声をあげる。

「ううっ」

真之介は、やめろ、と叫びつづける。

「新崎の旦那の猿轡を取って、琢磨」

と、吉三郎の股間で腰をうねらせつつ、絹が手下に命じる。

琢磨と呼ばれた手下が真之介に迫り、猿轡を取った。

「もうすぐ、町方が来るぞっ」

と叫ぶが、絹はまったく驚かない。ああっ、と吉三郎の魔羅を貪っている。

「旦那、ひとりだろう」

「違うっ。すぐに来るっ」

「私が夜叉姫かもしれないと疑ってはいても、自信がなかったんだろう。新米同心の読みなんか、上役は聞かないだろうからね」

絹に新米同心と言われ、真之介は唇を噛む。

「やっぱり、新米様だね。町方としての自分の未熟さを噛みしめながら、私と楽しもうじゃないか。私は新米様は好きだよ」

と言いつつ、絹が吉三郎の股間から腰を上げていく。

魔羅が出てくる。それは絹の蜜《みつ》でぬらぬらだ。

「なにをっ」

夜叉姫に新米様と言われるたびに、屈辱で躰が震える。それでいて、魔羅は天を向いたままだ。

「いくいく、いくっ」

と、隣から初美の絶叫が聞こえた。

「ああ、初美……」

吉三郎が涙を流す。それでいて、こちらの魔羅も見事に勃起させたままだ。

絹の裸体が目に入っているうちは、萎《な》えることはなかった。それに、絹の柔肌から醸《かも》し出す牝《めす》の匂いが座敷全体を包み、男たちを昂らせていた。

絹が真之介に迫ってくる。一歩足を動かすだけで、たわわな乳房が挑発するように揺れる。

どうしても、その揺れから目を離せない。むしろ、引きよせられていた。

魔羅がひくつき、我慢の汁まで出してしまう。

なんて恥知らずな魔羅なのだ。このようなときに、押し込みの裸体に反応してしまうとは……。

「あら、うれしいわ。新米の旦那、私とやりたくて、我慢の汁まで出しているのね」

絹が隣まで来た。それだけで、牝の匂いが濃厚に真之介を包んでくる。

膝をつき、右手を魔羅に伸ばしてくる。

「触るなっ」

と叫ぶも、さらにどろりと我慢汁を出してしまう。

「あらら、もっと出てきたわ」

絹が先端を手のひらで包んだ。そのまま、撫でまわしてくる。

「ああっ、やめろっ」

真之介は下半身を震わせる。

「ああ、いい、いいっ」

また、初美のよがり声が聞こえてきた。と同時に、反対側から、

「いい、いいっ」

と、別のおなごの声が聞こえてきた。

「あっ、あれは、咲恵《さきえ》かっ」

と、吉三郎が声をあげる。

咲恵とは娘なのかっ。どうなのかっ。

「いい、いいっ」

咲恵の声が初美の声と競うように大きくなってくる。

「あら、もっと我慢汁が出てきたよ、旦那。ふたりのよがり声を聞いて、興奮し

ているのかい」

と、絹が言い、手のひらを引く。先端は我慢汁で真っ白になっている。

「あら、町方が縛られて、押し込みにいじられて、我慢汁だらけにさせるなんて、恥ずかしくないの。いくら新米様でも、これではねえ」

絹がからかっている。

悔《くや》しいが、なにも言い返せない。

「ああ、もう、いきますっ、ああ、またいきますっ」

「咲恵っ、いきそうですっ」

左右からおなごたちの嬌声《きょうせい》が聞こえてくる。

真之介だけではなく、番頭たちの魔羅の先端にも我慢汁は出ていた。が、立場が違う。真之介は町人たちを助ける立場なのだ。

同じように我慢汁を出してどうする。

「私が我慢汁をなくしてあげるわ」

と言うと、絹が頭巾に包まれた顔を寄せてきた。下から引きあげ、あごと唇をさらす。

「やめろっ」

絹の舌がねっとりと鎌首《かまくび》に這《は》ってきた。ぞくぞくとした快感に、真之介は下半身を震わせる。

「気持ちいいかしら、新米の旦那」

なおもからかいつつ、ぺろりぺろりと鎌首を舐めてくる。

「やめろ……うう、やめろ……」

舐め取るそばから、あらたな我慢汁が出てくる。

「気持ちいいって、言って」

「……知らん……」

絹の先端舐めは秀逸で、とろけそうなほど気持ちよかった。もちろん、そのようなことは死んでも言えぬ。

すると絹は唇を引き、吉三郎のもとへと戻った。

「やめろっ」

と、吉三郎が叫んだが、跨《また》がった絹はあっさりと咥えこむ。そしてこたびは中腰のまま、股間を激しく上下させる。

「あ、ああっ、あああっ」

女郎蜘蛛の口を魔羅が激しく出入りする。

「う、うう……」

ご主人様っ、と使用たちがうめいている。

「出る、出るっ」

吉三郎は絹の激しい責めにあっさりと射精させた。

「あうっ……うんっ……」

絹は感じた声をあげたが、物足りないのか、すぐに腰を上下させる。

「お、おうっ……」

射精したばかりの魔羅を激しく責められ、吉三郎が吠《ほ》える。

「下から突くのよ、吉三郎っ」

そう命じつつ、絹が女陰全体で射精させたばかりの魔羅を貪っていく。

吉三郎の魔羅は萎える暇も与えられることなく、はやくも二発目を迎えた。

「出る、出るっ」

「うう、ううっ」

使用たちの悲痛なうめき声のなか、吉三郎が二発目を出した。

「もう、出したの。つまらない魔羅ね」

絹は変わらず、腰を上下させる。

「う、ううっ、やめてくれっ。助けてくれっ」

と、吉三郎が叫び、真之介に目を向ける。その目は、代わってください、と告げていた。

そうだ。わしが絹の相手をすれば、少なくとも、この者たちが干からびることはないのだ。

「絹っ、わしの魔羅を喰えっ」

と、真之介は堂々と告げる。

絹はそれを無視して、益田屋の主人の魔羅を貪り食いつづける。

「もうだめっ、ああ、ああ、またいきそうっ、剛吉様っ、もうだめですっ」

「ああ、ああ、咲恵、いくいくっ」

左右から初美と咲恵のよがり声が聞こえて、その声に吉三郎は反応してしまう。

「ああ、出そうだっ。いやだ。出るっ」

おうっ、と吉三郎が三度目を射精させた。あまりにつづけての射精が老体にこたえたのか、白目を剝く。

「あら、どうしたの」

絹はつながったまま上体を倒し、たわわな乳房を薄い胸板に押しつけながら、気を失った吉三郎の頬を張る。

「やめろっ、わしとつながれっ。わしがおまえをいかせてやるっ」

と、真之介は叫ぶ。

すると、ようやく絹がこちらを見た。

「あら、旦那、いかせてくれるのですか」

「いかせてやるぞ」

とにかく、吉三郎から絹の女陰を引き離すことだ。

絹が腰を上げていく。女郎蜘蛛の口から三発ぶんの精汁が大量に出てきた。それを見て、ううっ、と使用人たちがうなる。

吉三郎は気を失ったままだ。それでいて、魔羅はまだ半分勃《た》ってひくついている。

絹が迫ってきた。真之介の魔羅はあらたな我慢汁で白い。裏すじまで垂れてきている。

「我慢しているのね、旦那。私の女陰にたくさん出したいかい」

「出したい……出しながら、おまえをいかせやろうぞ」

「うれしいわ、旦那。新米の旦那なんて言ってごめんなさい」

と言いつつ、しゃぶりついてくる。

一気に根元まで咥えられ、じゅるっと吸われた。

「あっ……」

おなご知らずの真之介には、ひとたまりもなかった。二度、絹の顔が上下すると、あっけなく射精させた。

「おうっ」

「う、うう、ううっ」

絹はそのまま喉で受ける。

脈動が鎮《しず》まると、じゅるっと吸いあげつつ、唇を引きあげた。

「あら、私をいかせてくれるんじゃなかったのかしら、新米の旦那。まさか口に出すなんて、もったいない」

口を動かすたびに、どろりと精汁が出てくる。

「すまぬ……次はいかせる」

それを見ながら、真之介は出したばかりの魔羅をひくつかせる。

「そうですか」

絹は、ふたたび魔羅にしゃぶりついてきた。

一気に根元まで咥え、じゅるっと吸うと、瞬《また》く間に大きくなった。
絹は顔を上げると、真之介の腰を絖白い太腿で跨いできた。

第六章　純　潔

一

女郎蜘蛛《じょろうぐも》の彫られた恥部を、鎌首《かまくび》に向けて下げてくる。口が開き、吉三郎の精汁が出てくる。

そのまま、絹が割れ目を鎌首に押しつけてくる。

ついにわしは男になる。まさか、はじめての相手が佳純ではなく、夜叉姫とは。すまぬ、佳純さんっ。これもお務めのためだっ。ゆるしてくれっ。

が、まだ絹は咥《くわ》えこんでいない。真之介を見つめつつ、割れ目で鎌首をなぞっている。その間も、どんどんあらたな我慢の汁が出てきている。

「さて、町方の魔羅《まら》をいただこうかしら」

と言って、絹が割れ目を強く押しつけてきた。先端が女陰《ほと》に包まれた。

なんだ、これはっ。

あっ、と思ったときには、射精させていた。

「あっ……」

いきなり割れ目に精汁を受けて、絹は驚く。

「なに……」

「あ、あああっ、ああっ」

真之介は先っぽを包まれただけで、射精させていた。

脈動が鎮《しず》まると、絹が割れ目を引いた。鎌首の形に開いていた女郎蜘蛛の口が閉じていく。

「新米の旦那《だんな》、あんた、おなご知らずだね」

と、絹が聞き、

「すぐに出すなんて、情けねえ」

と、琢磨も言う。押し込みに、ばかにされてしまっている。

「知っているっ……」

と否定するも、誰も信じていない。

「それに、もう男だっ」

「なにを言っているの。先っぽがちょっと入っただけじゃないの。男はねえ、この魔羅でおなごをいかせて、はじめて一人前なのよ、新米の旦那」

と言いつつ、萎《な》えかけた魔羅をつかみ、しごきはじめる。

「ああ、やめろ……」

「おなご知らずだよね、新米の旦那」

「おなごくらい知っているっ」

「あら、そう」

と言うと、真之介の魔羅から手を放し、また吉三郎のもとに絹が向かう。ぷりぷりうねる尻たぼに、どうしても目が行く。そして、それだけで勃起を取り戻していく。

吉三郎はすでに目を覚まし、魔羅を反り返らせていた。

「また、入れたいのね、吉三郎」

「いや、もういい……はやく千両箱を持って、出ていってくれっ」

「そんなこと言わないで」

絹がまた益田屋の主人の魔羅をつかみ、跨《また》がっていく。

「やめろっ、精汁を出して死にたくないっ」

と、吉三郎が叫び、真之介をすがるように見つめている。

「絹っ、わしの魔羅を咥えるのだっ」

「うそつきの魔羅は興味ないよ」

そう言って、吉三郎の魔羅を呑《の》みこんでいく。

「ああ、やめてくれ……出したくない」

吉三郎が叫ぶ。そんななか、絹は吉三郎の魔羅を女陰全体で貪《むさぼ》り食っていく。

「そうだっ。わしはおなご知らずだっ」

と、真之介は叫んだ。

みなが真之介を見る。

「やっぱりね。それで、どうしたいの、新米の旦那」

吉三郎の股間で腰をうねらせつつ、絹が聞く。

「それは……」

口ごもっていると、絹が腰を上下に動かしはじめた。

「あ、ああっ、やめてくれっ、ああ、出るっ」

「やめろっ。おまえで男になりたいっ。おまえの女陰で、男になりたいっ」

と叫ぶ。

「それが人にものを頼む言いかたかしら」

と言いつつ、さらに激しく上下させる。

「あ、ああ、出るっ」

と、吉三郎が叫び、腰を激しく動かした。射精しつつ、またも白目を剝《む》く。

「吉三郎っ、大丈夫かっ」

「さあ、どうかしら。次出したら、あの世に往《ゆ》くかもね」

吉三郎が気を失っても、絹は構わず腰を上下させる。すでに四発も出していたが、吉三郎の魔羅は勃起したままだった。

「き、絹さん……いや、絹様……そなたの女陰で……男にしてほしい……いや、男にしてくださいっ」

真之介は吉三郎の命を守るため、恥を捨てた。

「情けねえ町方だ」

琢磨が吐き捨てるようにそう言う。

真之介は屈辱を嚙《か》みしめた。

今のわしにできることは、この身を犠牲にして、吉三郎や使用人たちを絹の魔羅喰《くら》いから守ることだ。

「絹様っ、おねがいしますっ。おなごというものを教えてくださいっ」

　真之介は懸命に訴える。

「情けない男ね、新米の旦那」

　絹が吉三郎の股間から腰を引きあげた。女郎蜘蛛の口からどろりと精汁を垂らしつつ、こちらに迫ってくる。

「情けない町方、好きよ、新米の旦那」

　絹が近寄るだけで、魔羅がひくつく。すでに二発出していたが、関係なく見事な反り返りを見せている。

　それをつかみ、絹が白い太腿《ふともも》で跨ってくる。

「私が男にしてあげるわ。押し込み先で町方の旦那を男にするなんて、はじめてよ。うれしいわ」

　と言うと、股間を下げてきた。

　閉じかかった女郎蜘蛛の口が開き、鎌首をぱくっと咥える。今度はすぐさま、鎌首のくびれまですべてを呑みこまれた。

　絹はその状態で止めて、締めてくる。

「どうかしら、旦那」

「う、うう……」

先っぽだけではなく、鎌首全体が入っていたが、まだ完全につながっているわけでもない。が、真之介は快感にうめいていた。締めつけられている鎌首が、とろけそうなのだ。

「私の女陰、どうかしら」

「気持ちよい……気持ちがよい、です……絹様」

「もっと欲しいかい」

「欲しいですっ。全部、絹様の女陰に包まれたいですっ」

吉三郎を守るために言っているのか、心から言っているのか、真之介は自分でもわからなくなっている。

絹がさらに腰を下げてきた。反り返った胴体までずぶずぶと、絹の中に入っていく。咥えこまれていく。

「ああっ、これが、女陰かっ」

と、おなご知らずまる出しの声をあげてしまう。

「そうよ。これが女陰よ、旦那」

絹が真之介の魔羅のすべてを咥えこんだ。

そして、じっとしている。じっとしていても、締められるだけで快感だ。

「なにをしているの、新米の旦那。私をいかせるんでしょう」

「そうだ……」

「じゃあ、突いて」

真之介は腰を動かしはじめる。すると当然のこと、魔羅が女陰に、すれる。先端も、裏すじもすべてが肉の襞《ひだ》のざらざらにこすれる。

それがたまらない。それだけではない。突くたびに、絹の乳房がゆったりと揺れる。そして、甘い体臭が降ってくる。

それだけではない。

「ああっ、あんっ、やんっ」

突くたびに、こすれるたびに、絹がなんとも愛らしい声で鳴くのだ。

これは意外だった。突いても、これくらいでは感じません、と言うかと思ったのだ。違っていた。絹は心の底から、まぐわいが好きなのだ。魔羅が好きなのだ。

それが例え拙《つたな》い動きであろうとも、感じてしまうのだ。

「ああ、いいわよ、新米の旦那」

絹のほうからも腰を上下させはじめる。真之介の突きに、絹の上下動が加わると、おなご知らずは、もうひとたまりもない。

「ああ、また出そうだっ」

と、真之介は動きを止める。

「なにをしているの。突いて、もっと突いて、旦那」

魔羅喰いの絹の本領を発揮してくる。

「ああ、やめろっ。出るっ」

真之介は瞬《またた》く間に三発目を出していた。

二

「ああ、やめろっ。出るっ」

由紀は男の声で目を覚ました。裏の戸の前に転がされていた。

猿轡《さるぐつわ》を嚙まされたうえに、両腕までうしろ手に縛られていることに気づき、由紀は悔やむ。

剛吉は押し込みの一味だったのだ。まんまと、引き込みに仕立てられていた。

「ああ、出るっ」

あれは父の声か。いや、違う。もしかして新米、いや、新崎様っ。

由紀は立ちあがった。

「ああ、剛吉様っ、いい、魔羅いいっ」

おなごの声も母屋《おもや》から聞こえていた。

あれは誰っ。剛吉様って……。

由紀は台所に向かう。

「いい、いいいっ、また、いきそうですっ、剛吉様っ」

あれは母の声……母が剛吉と……。

由紀は廊下を進む。

「ああ、あああっ、なんてことだっ……ああ、出しても小さくならないっ」

新崎様の声がする。

由紀は母の声が聞こえる座敷の横を通り、新崎の声がする座敷の前に立つ。

「さあ、いかせて、旦那」

おなごの声がする。

誰だ。新崎様とまぐわっているということは、押し込みの頭《かしら》か。

えっ、新崎様がまぐわっているっ、佳純さんがいるというのにっ。

襖《ふすま》に、わずかに隙間《すきま》があった。由紀はそこから、そっと中をのぞく。

裸のおなごが見えた。あぶら汗まみれになっている。おなごは腰を振っていた。

その下には……ああ、新崎様っ。

いやっ、と由紀は思わず叫んでいた。運のよいことに、猿轡を嚙まされていて、うめき声しか洩《も》れなかった。中には聞こえていない。

新崎以外には、父と三人の使用人たちがいた。みな裸で、魔羅を勃《た》たせているが、父は眠っているようだ。父の魔羅は縮んでいた。

「やめろっ、やめろっ」

おなごの股間を見ると、女郎蜘蛛がいた。彫物だとわかっていても、生きているように見えた。口を開き、新崎の魔羅を咥えこんでいる。

「ああ、やめろつ。ああ、出したくないっ」

「あら、もうお終《しま》いなの、旦那」

押し込みの頭がつまらなさそうな声をあげる。それでいて、腰は激しく上下させている。

「ああ、また出るっ」

新崎が腰を痙攣《けいれん》させた。そのまま、白目を剝く。

新崎様っ、えっ、死んだのっ……うそっ……新崎様っ。

女郎蜘蛛のおなごが、つながったまま上体を倒していく。たわわなふくらみがより強調される。

乳房を胸板に押しつけつつ、旦那、と頰《ほお》をたたく。

新崎は白目を剝いたままだ。

「つまらない男」

そう言うと、女郎蜘蛛のおなごは立ちあがった。女郎蜘蛛の口から大量の精汁を垂らしつつ、父に向かってゆく。父は寝ている。

違うのか。新崎と同じように気を失っているのか。

「起きるのよ、吉三郎」

女郎蜘蛛のおなごが父の頰を張る。父は起きない。すると、おなごは父の顔面を跨《また》ぐと、しゃがんでいく。女郎蜘蛛を父の顔面に押しつけていった。ぐりぐりとこすりつける。

なにをするのっ。お父さんっ……。

由紀はまた叫ぶが、うめき声にしかならない。

父が目を覚ました。するとすぐに、魔羅が大きくなりはじめた。

うそ……どうして……。

それに気づいた女郎蜘蛛のおなごが、

「まだまだ出せるね」

と言うと、立ちあがった。父の顔面が精汁まみれとなっている。

女郎蜘蛛のおなごが父の股間を跨ぎ、つながっていく。

「ああ、やめてくれ……ああ、やめてくれ。もう出したくない」

「まだまだ出るよ。まだ四発じゃないの」

四発って……このままだと干からびて死んでしまう。

助けないとっ。でも、どうすれば。自身番《じしんばん》に行けば。いやだめだ。大事《おおごと》になってしまう。命は助かっても、店の評判が落ちてしまう。でも、そんなことを言っている場合か。

「うう、ううっ」

父はあぶら汗まみれになっている。

そうだっ。佳純さんだっ。

阿片《アヘン》中毒の男を往来で、見事やっつけたと聞いている。

佳純さんだっ。

由紀は廊下を台所へと向かう。

庭に出ると、裏の戸から往来に出た。佳純の家に向かって駆け出す。猿轡を噛まされ、両腕はうしろ手に縛られたままだったが、由紀は命懸けで走った。

佳純はなかなか寝つけず、寝巻のまま庭に出ると、竹刀《しない》で素振りをはじめた。今宵《こよい》は、主水は姿を見せなかった。主水を待っている自分に気づき、なんてはしたないおなごだと自分を責める。

主水との手合わせ。強い男との手合わせは、気持ちだけでなく、躰《からだ》も昂《たかぶ》る。主水との口吸いを思い出すだけで、躰が熱くなる。

生け垣の外に人の気配を感じた。

多岐川様っ。いや、違う。

「誰っ」

「うう、ううっ」

おなごのうめき声がする。

佳純は竹刀を構え、生け垣に近寄る。すると、由紀が立っていた。

「由紀さんっ」

佳純はすぐに、裏戸にまわり、戸を開くと、往来に出た。

「ううっ」

由紀が迫ってくる。

佳純の懐《ふところ》に飛びこんできた。由紀は猿轡を嚙まされ、両腕をうしろ手に縛られていた。

佳純が猿轡を取ると、

「父がっ、ああ、新崎様がっ……」

口から涎《よだれ》を垂らしつつ、由紀が叫ぶ。

「お父様がどうしたの」

「父がっ、新崎様がっ」

「しっかりしてっ」

佳純は由紀の肩を激しく揺さぶる。

「ああ、女郎蜘蛛に……女郎蜘蛛に殺されるのっ」

「押し込みに入られたのねっ」

うしろ手の縄を解《ほど》くと、佳純さんっ、としがみついてくる。

「助けてっ、父を、新崎様を助けてっ、佳純さんっ」

「わかったわ」

佳純は、待っていて、と言うと母屋に走り、鞘《さや》ごと大刀《だいとう》を手にした。

そして、由紀とともに駆け出した。

三

「ここです」

と、由紀を先頭に益田屋の母屋の勝手口から中に入る。

そして、台所から廊下に入った。するとすぐに、

「ああ、もう、やめてくれっ。もう、ゆるしてくれっ」

と、男の声が聞こえた。なんとも情けない声だった。

「まだ、私はいっていないのよ、新米の旦那」

というおなごの声が聞こえてきた。

新米の旦那ですってっ。

新崎様に面と向かって新米と呼ぶなんて、なんておなごなのだっ。

佳純は怒りを覚え、廊下を進む。

「ここから、のぞけます」

と、由紀に言われ、襖の隙間から中をのぞいた。

裸のおなごが佳純の目に飛びこんできた。あぶら汗まみれの裸体をうねらせている。おなごは男とつながっていた。裸だったが、黒頭巾《くろずきん》はかぶっていた。

仰向《あおむ》けになって、よがっている男が……。

真之介様っ……。

佳純は恐るおそる、おなごの股間を見た。おなごの股間には女郎蜘蛛が彫られて、ぱっくりと口を開けていた。そこに、魔羅が出入りしていた。

認めたくなかったが、それは真之介の魔羅だった。

真之介様が私以外のおなごとまぐわっている。しかも、相手は押し込みだ。真之介が好いた相手ならあきらめるが、悪党とまぐわっているのだ。

「もう、出したくないっ、あ、ああっ」

佳純がのぞいている前で、真之介が腰を震わせた。射精させたのだ。真之介が私以外の女陰に精汁を放ったのだ。

「あ、ああ……」

おなごはあごを反らしつつ、受け止めている。

真之介は腰を震わせつづけている。が、顔を見ると、白目を剝いていた。

えっ、まさか、まぐわって……命を落としたのか……。

「いやっ」

と叫び、佳純は襖を開いて、中に飛びこんだ。

飛びこみつつ、腰から大刀を抜いていた。

いきなり大刀を手にしたおなごがあらわれ、さすがの夜叉姫も目をまるくさせた。

「ゆるさぬっ」

佳純は一気に、真之介とつながったままのおなごに迫ると、大刀を一閃《いっせん》した。

「ぎゃあっ」

肩から袈裟《けさ》懸《が》けに斬《き》られ、おなごが乳房から鮮血を噴き出した。

が、まだ真之介とつながったままでいる。

「離れろっ」

佳純は鬼の形相《ぎょうそう》で、もう一度大刀を振り下ろした。

「ぎゃあっ」

黒頭巾の上から額を斬られたおなごが鮮血を噴き出しながら、ひっくり返った。

おなごの絶叫を聞き、左右の座敷から裸の男たちが姿を見せた。ふたりとも魔羅を勃たせている。

「お、お頭っ」

「仲間だなっ。ゆるさんっ」

と、佳純は裸の男たちにも斬りかかった。

ひとりは袈裟懸けを受けて、ひっくり返ったが、もうひとりの裸の男は逃げ出した。そして、もともと座敷にいた黒装束の男も逃げる。

「待てっ」

と、佳純は裸の男を追う。

裸の男は逃げ足がはやかった。庭に出て、往来に出たときには姿を消していた。

佳純は我に返り、母屋に戻る。

座敷に戻ると、由紀が男たちの猿轡を取り、うしろ手の縄を解いていた。

「お嬢様っ」

と、使用人たちが声をあげる。

「真之介様っ」

佳純は白目を剝いたままの真之介の頰を張る。

「起きてっ、真之介様っ」

何度か頬を張っても、目を覚まさない。

佳純は真之介の口に、おのが唇を押しつけた。

口を開き、どろりと唾《つば》を流しこみつつ、舌をからめていく。

「あっ、佳純さんっ……すごい……」

由紀が驚きの声をあげる。女郎蜘蛛を斬ったときより驚いている。

真之介が目を覚ました。口を引くと、

「もう出せぬ。もう出せぬぞ」

と、真之介が叫ぶ。

「真之介様っ、佳純ですっ」

佳純は真之介の肩をつかみ、揺する。

「か、佳純さん……あっ、絹がっ」

真之介が起きようとする。佳純はあわてて、うしろ手に縛られている縄を解き、足の縄も解く。

真之介が立ちあがり、血まみれになって倒れている女郎蜘蛛へと近寄り、その顔に顔を寄せる。

「死んでおるな。佳純さんが斬ったのだな」

「はい……」

「よくやった」

真之介に褒《ほ》められ、一気に緊張の糸が切れた。

「真之介様っ」

と、裸の真之介に抱きついていく。

「すまぬ」

と、真之介が謝る。胸板に美貌《びぼう》を埋《うず》めていた佳純は、真之介を見あげる。

「絹の女陰で、よりによって悪党の女陰で……男になってしまった……ゆるしてくれ、佳純さん」

と、真之介が頭を下げる。

「いいえ……益田屋の主人を、この魔羅で守ったのでしょう」

と言って、佳純は抱きついて、すぐに勃起しはじめた魔羅をつかむ。

ううっ、と真之介がうなる。

「ああ、痛みますか」

「いや、そのようなことはない……」

「新崎様、ありがとうございました」

　由紀に肩を貸され、立ちあがった益田屋の主人が頭を下げる。

「新崎様が身をもって私をお守りくださらなかったら、今頃私はふぐりを涸《か》らして、あの世に往《い》っておりました。しかも、はじめてのまぐわいだったとは……」

「いや……」

「そんな美しい御方《おかた》がいらっしゃるというのに……女郎蜘蛛に捧げられて……なんとも、お礼の言いようがありません」

「よいのだ。わしは、なにもしておらん。益田屋たちとともに、捕らえられてしまった新米者よ」

「真之介様は、新米ではありません」

　完全に勃起させた魔羅を、佳純はいとおしむようにしごく。

「うう……」

「やはり、痛むのですね」

「いや、ずっと勃っていたからな……」

　すると、益田屋の主人も、ううっ、とうなった。見ると、見事に勃起させていた。

「いや、すみません……いや……あなた様が新崎様の魔羅をしごいているのを見て、いや、その……恥ずかしながら、また勃起させてしまいました」

「お父さん……命の恩人を見て、大きくさせるなんて……」

「しかし、見事でした。まさに、一閃で夜叉姫を仕留められて」

と、益田屋が感嘆の目を佳純に向けている。ほかの使用人たちも感嘆の目を佳純に向けつつも、勃起させていた。

四

「では、また」

佳純の家まで送ってきた真之介が立ち去ろうとした。

「待ってください」

と、佳純は真之介の手をつかんでいた。

「寄ってくださいませ」

「しかし……寄っても……佳純さんを……抱けぬ」

すでに、真之介は六発も出しているという。次出せば、命にかかわると思った。

「よいのです」

佳純は真之介に抱きつき、胸もとに美貌を埋めた。

「こうしているだけで、幸せです……」

「佳純さん……」

真之介があごを摘《つ》まんできた。佳純が美貌を上げると、口を重ねられた。

佳純は真之介にしがみつき、唇を委《ゆだ》ねる。舌が入ってくると、佳純もからめていった。

すると、うう、と真之介がうめいた。口吸いで勃起させたのだろう。

「ごめんなさい……大きくさせたのですね」

「いや、構わぬ。もっと、佳純さんと口吸いがしたいっ」

真之介にしては力強くそう言うと、ふたたび佳純の唇を奪ってきた。

「うんっ、うっんっ……うんっ」

お互いの思いをぶつけるように舌をからませ合う。

「うう……」

と、真之介がつらそうな顔をする。が、構わず、舌を吸ってくる。

そして寝巻の上から、乳房をつかんできた。晒《さらし》は巻いていない。

「はあっ……」

と、佳純は火の息を吹きこむ。

佳純の躰はずっと昂っていた。不謹慎だが、女郎蜘蛛を斬ったときから、ずっと躰が火照《ほて》っていた。

今なら、きっと真之介の魔羅で感じることができる。でも、精汁を出したら、あの世に往ってしまうかもしれない。

そんな命懸けのまぐわいはできない。一日待てばよいのだ。一日待てば……。でも、明日になったら……。

ひと月前と同じようになるかもしれない。

今だ。お互いが燃えあがっている今、ひとつになるのだ。

真之介は強く乳房を揉《も》んでくる。とがった乳首が寝巻にこすれて、感じてしまう。

「はあっ、ああ……じかに……」

と言ってしまう。佳純自身、大胆になっている。

「佳純さんっ」

真之介は我慢できなかったのか、寝巻の胸もとをぐっと引き剝《は》いだ。

たわわな乳房があらわれる。それはしっとりと汗ばんでいた。乳首はさらにとがっている。

真之介がじかにふたつのふくらみを鷲《わし》づかみにしてくる。

とがった乳首を押しつぶされ、快感が噴きあがる。

「はあっ、あんっ」

「ああ、佳純さんっ」

真之介は息を荒らげ、こねるように揉んでくる。

今宵はいつになく、力強い。牡《おす》の息吹《いぶき》を感じる。すでに六発も出していると聞いていたが、真之介からは牡を感じた。

真之介が乳房から手を放した。これで乳揉みはお終いか、と思ったが、違っていた。

真之介は汗ばんだ乳房に顔を埋めてきた。今度は顔面で、佳純の乳首を押しつぶしてくる。

「はあっ、ああ、あんっ」

家の前の往来で、佳純は甘い声をあげつづける。

まわりの家々はみな、寝静まっている。そんななか、佳純の喘《あえ》ぎ声だけが流れている。

真之介が乳首を口に含んできた。じゅるっと吸ってくる。

「あっ……」

佳純はあごを反らし、火の息を吐く。

「真之介様……ああ、佳純も……お舐《な》めしたいです」

恥じらいまじりに、佳純がそう言う。

すると真之介が、自ら着物の前をはだけていった。ぶ厚い胸板があらわれる。

佳純はそこに手を置いた。

「ああ、なんとたくましい」

真之介のぶ厚い胸板を撫《な》でるだけでも感じてしまう。

「ああ……」

真之介も乳首で感じるのか、吐息を洩らす。

「佳純も舐めてよろしいですか」

「舐めてくれ、佳純さん」

佳純も往来で真之介の胸板に唇を寄せる。乳首を含むと、じゅるっと吸う。

すると、ぴくっと真之介の躰が反応する。

「すまぬ……佳純さんで男になりたかったのに……」

「ううん。よいのです、益田屋の命が助かったのですから」

佳純は乳首をちゅうちゅう吸っていたが、すぐに物足りなくなる。もっと、たくましいものを吸いたい。もっと、お口で真之介を感じたい。

佳純は真之介の腰から鞘ごと大刀を抜くと、着物の帯に手をかけた。帯を解くと前がはだけ、下帯《したおび》に包まれた股間があらわれる。

「なにをする……今宵は無理だ……」

「出さなければ……よろしいですよね」

「しかし……」

「もう、今宵は六度も女郎蜘蛛の女陰に出されたのでしょう」

「すまぬ……」

「そう簡単には、もう出さないのではないですか」

そう言いつつ、下帯も脱がしていく。

すると、弾《はじ》けるように勃起した魔羅があらわれた。

「ああ、すごい……」

まさか、こんなにたくましくなっているとは思っていなかった。

「佳純さんと口吸いをしていたら……このようになったのだ」

「うれしいです」

佳純は往来にしゃがむと、すぐさま反り返った魔羅の先端にくちづけていった。

「ああ、佳純さん……」

それだけで、魔羅がひくつく。

佳純は裏すじをぺろりと舐めていく。魔羅がさらにひくつくが、我慢汁は出てこない。それが寂しい。女郎蜘蛛にすべて吸い取られたのだ。

「ああ、我慢のお汁、出してください」

思わず、そう言ってしまう。

「すまぬ……」

すでに女郎蜘蛛で男になった真之介は謝るばかりだ。

「出して、我慢のお汁を出してください。ああ、佳純の尺八《しゃくはち》は気持ちよくないのですか」

「そのようなことはないぞ」

「うそ……」

佳純は我慢汁を出させるべく、とがらせた舌先で鈴口《すずぐち》だけを舐めていく。

「あ、ああ……」

真之介は腰をくねらせるものの、我慢汁は出ない。

「真之介様……」

我慢汁が出てこないのが、こんなに悲しくなるとは……。

佳純は思わず、恨めしげに真之介を見あげてしまう。

「そのような顔をするな、佳純さん」

「ごめんなさい……」

「中に入ろう。往来だから、緊張して出ないのだ」

と、真之介が言い、佳純の手を取り、立たせる。

佳純は唇を押しつけ、ぬらりと舌を入れると、魔羅をつかみ、ぐいぐいしごく。

「う、うう……」

真之介は腰を震わせるが、我慢汁は出なかった。

我慢汁も出ないから、恐らくそう簡単には射精しないと思った。

それなら、つながることだけはできる。

「参りましょう」

と、真之介の手を取り、佳純は家へと向かった。

五

天井裏にいた色右衛門は、なかなか佳純が戻ってこないのを見て、出直そうとしていた。

今宵は、佳純を捕らえる気で来ていた。立見藩の江戸留守居役を、千鶴が落とせなかったのだ。千鶴は町人相手ではその色香が通用するが、江戸留守居役相手となると、歯が立たないようだ。

やはり元武家であり、生娘《きむすめ》である佳純の力が必要だと思った。

佳純を使って、立見藩の江戸留守居役を落とし、神君家康公より拝領された筆を手に入れるのだ。

人の気配を感じた。佳純が姿を見せたが、新崎といっしょだった。

しかも驚くことに、すでに佳純の寝巻ははだけられ、乳房が出ているだけではなく、新崎も着物の前をはだけ、魔羅を出していた。

魔羅は天を向いていたが、新崎にしては我慢汁を出していなかった。

すでに床は敷かれていた。ふたりは抱き合い、そしてそれぞれ寝巻と着物を脱いでいく。

佳純は腰巻だけ、新崎ははやくも裸だ。

新崎が佳純の腰巻に手をかけ、引き剝いだ。荒々しい。牡を感じる。

まずい。これはまぐわう気だ。このひと月、ふたりはまったくまぐわう気配を見せていなかったが、今宵はなにかあったのだろうか。

新崎が佳純を押し倒す。

「ああ、真之介様……」

「佳純さん……」

仰向けになった佳純に、新崎がかぶさっていく。

もう入れるのかっ。

まずいっ。阻止しなければ。

天井板を開けようとしたとき、佳純が、

「お待ちくださいっ」

と言って、腰を左に動かした。

「やはり……入れるのは……はじめてだから、すぐに出すかもしれません」

「そうかもしれぬな」

と、新崎が言う。

なにを言っているのだ。すぐに出しても、すぐに勃起するだろう。

「出せば、七度目……やはり、今宵は……」

七度目だとっ。すでに六発も出しているだとっ。どういうことだっ。

新崎はおなご知らずではなかったのか。佳純が思い人ではなかったのか。佳純以外のおなごに六発も出し、そのことを佳純は知っている。そして、驚くことにゆるしている。

そうでなければ、裸で抱き合うことはないだろう。

色右衛門は混乱していた。

「いや……今宵、今、わしは佳純さんとひとつになるっ」

そう言うと、新崎が我慢汁が出ていない先端を、佳純の割れ目に当てていく。

まずいっ、と天井板を開こうとしたが、またも、佳純が腰をずらした。

「いけませんっ。命を削ってまで、今宵まぐわわなくても、明日があります」

「いやっ、今宵だっ」

と、新崎にしては珍しく、強く出ている。

が、鎌首を割れ目に向けようとしても、佳純がそれをかわしていた。すでに六発出しているとはいっても、男になったばかりだ。佳純にうまくかわされつづけている。

佳純が新崎を押しやるようにして、立ちあがった。

「入れるのは、いけません……」

「佳純さんっ」

新崎は泣きそうになっている。新崎の目の前に、佳純の割れ目がある。佳純はまだ生娘だ。

「欲しくなるようにしてやるっ」

と叫ぶと、新崎が目の前の割れ目に手を伸ばし、ぐっとひろげた。

「あっ……」

「ああ、なんて女陰だ」

佳純の花びらを前にして、新崎がうなっている。

立った状態で割れ目を開いているため、色右衛門からは佳純の花びらがよく見えない。

ああ、見たい。ああ、俺も息のかかるような間近で、佳純の純潔な花びらを見てみたい。

「ああ、そんなにご覧にならないでください……恥ずかしいです……」

佳純は全身で恥じらいつつも、新崎の視線から花びらを隠すまねはしない。肉のつながりを持てないため、せめての奉仕なのか。それとも佳純自身、思い人にじかに見られることに感じてしまっているのか。

「ああ、舐めるぞっ、佳純さんっ」

「いけません……」

と、佳純がかすれた声で拒《こば》むなか、新崎が剝き出しの花びらに舌を這《は》わせていく。するとすぐに、

「はあっ、あんっ」

と、佳純が喘ぎ声をあげた。

新崎がぞろりぞろりと花びらを舐めると、

「あ、ああっ」

と、あごを反らし、天井を向いた。

色右衛門は快感に喘ぐ佳純の美貌をまともに目にした。

なんて顔で喘いでいるんだっ。

うっとりと目を閉じている。睫毛《まつげ》が長く、半開きの唇がたまらない。

あれに口を重ねて、ちゅうちゅう吸いたい。

色右衛門はたまらず、勃起した股間を天井裏にこすりつける。

「ああ、どんどん露《つゆ》が出てくるぞ、佳純さん」

「ああ、恥ずかしいです……そのようなこと、おっしゃらないでください……あっ、あんっ」

恥じらいつつも、新崎の花びら舐めに感じる佳純の顔がたまらない。

色右衛門はおなご知らずのように、天井裏に強く魔羅をこすりつける。

すると、その気配を感じたのか、快感に喘ぐ佳純が瞳を開いた。天井を見あげる。

佳純の瞳は潤《うる》んでいた。快感に濡らす佳純と節穴越しに目が合った気がして、色右衛門は思わず暴発しそうになった。

なんてことだ。天下の色事師の色右衛門様が、おなごと目が合った気がしただけで、出しそうになるとは。

「ああ、ああんっ、はあっあんっ」

佳純は天井を見あげたままで、さらに甘い喘ぎ声を洩らす。

感じている目がたまらない。濡れた黒目は、疼《うず》く女陰に魔羅が欲しいと訴えているように見える。

だめだぞ、佳純。おまえは生娘の花を保ったまま、淫《みだ》らな躰になっていくのだ。新崎が花びらを舐めながら、おさねを摘まんだ。こりこりところがす。

「はあっんっ、やんっ」

さらに佳純がそそる表情を浮かべる。

やはり同じ舐められるにしても、思い人に舐められるのが感じるようだ。佳純の表情はおなごとしての喜びに満ちている。

新崎、男になって、いい仕事をするようになったじゃないか。

「ああっ、だめっ。歯を当ててはいけませんっ」

歯を当てる。もしや、おさねを甘噛みするのか、新崎っ。それとも、がりっといくのかっ。

「あ、ああ……なりません、……なりませんっ」

佳純の裸体ががくがくと震えはじめる。

新崎は噛まない。おさねに歯を当てたまま、じらしているのか。

なかなかやるじゃないか。新崎を男にしたおなごはいったい誰だ。ひと晩で六発も出させるおなご。

あっ……もしや、夜叉姫かっ。

きっとそうだ。今宵、どこかの大店《おおだな》に押し入った夜叉姫相手に、新崎が男になったようだ。夜叉姫は捕まったのか。新崎とやって、逃げたのか。

逃げたのなら、こんなところで佳純といちゃついていないだろう。ということは、新崎が六発出しながら、夜叉姫を捕まえたことになる。

やるじゃないか、新崎。

「ああ、噛まないでください」

哀願しつつも、佳純は逃げない。噛まないで、と言いつつも、新崎におさねを噛まれるのを待っている。さらなる刺激を求めている。

「ああっ、あうんっ」

新崎が甘噛みしたようだ。

「あ、ああっ、あんっ」

佳純の裸体がさらに震え、あぶら汗がどっと出る。

色右衛門は鼻をくんくんさせる。天井裏まで、佳純の汗の匂いが立ちのぼってきている。

ああ、佳純。

色右衛門はまたも股間を天井裏にこすりつける。がさがさと音がしたが、それ以上に佳純の喘ぎ声が勝っていた。

「ああ、なりませんっ……ああ、ああっ、なりませんっ」

どうやら新崎は、甘嚙みと吸いを交互にやっているようだ。

「ああっ、真之介様っ」

佳純のよがり声が響きわたる。

「気を、やりそうですっ……ああ、ああっ、真之介様っ」

佳純は相変わらず恍惚《こうこつ》とした美貌をうわむきにさらしている。

色右衛門に見せつけている。

いくのか、佳純っ。俺に気をやる顔を見せてくれるのかっ。

色右衛門は鼻息を荒くさせていた。

「ああ、い、いく……」

短く告げて、佳純が気をやった。

それを見ながら、色右衛門は不覚にも射精させていた。おなご知らずのように、勃起した股間を天井裏にこすりつけながら出したのだ。

どくどく、と大量の精汁が噴き出ていた。

六

気をやった余韻に浸っていた佳純が、かぁっと目を開いた。

目つきが鋭くなっている。おなごの目から剣客の目に変わっていた。

まずい、と思った。

「誰だっ」

佳純はそう問いつつ刀かけに向かうと、わきに置かれた小柄《こづか》をつかみ、天井に向かって投げた。

這って逃げようとしている色右衛門の顔の横に、小柄が突き刺さる。色右衛門は急いで這っていく。

「えっ、なにをするのですかっ」

と、さっきとはまったく違った佳純の声が聞こえた。

どうした……。

「まぐわいたいのだっ。今宵、佳純さんをわしのおなごにするのだっ」

新崎の声がする。

「あっ、なりませんっ……出したら、お命がっ」

「構わぬっ」

「あっ……真之介様っ」

まずいっ。新崎が佳純をものにしようとしている。

佳純が生娘の花を散らされたら、神君家康公より拝領の筆をものにする計画もだめになる。なにより、佳純の生娘の花びらから薫《かお》る極上の匂いを嗅《か》げなくなる。

阻止しなければっ。

「ああ、入れないでっ」

佳純の切羽詰《せっぱつ》まった声がする。

まずいっ。

色右衛門は天井板を開くと、飛び降りた。

すると裸の佳純が大刀を構え、待っていた。新崎も裸のまま、大刀を構えている。

「やはり、色右衛門かっ。また、私をのぞき見していたのかっ」

佳純が鋭い目でにらみつける。

歓喜に濡れた瞳もよいが、女剣客ならではの威圧するような眼差《まなざ》しもよい。

色右衛門は大刀を構えた佳純ににらまれ、出したばかりの魔羅を大きくさせはじめていた。

「そうだ、佳純っ。しかし、おまえたちの猿芝居に引っかかるとは、俺も焼きがまわったな」

「色右衛門っ、覚悟っ」

佳純が大刀を大上段に構え、迫ってきた。

いきなり腋《わき》のくぼみがあらわれ、色右衛門はつい見てしまう。

その隙に、佳純が一気に迫ってきた。

佳純が大刀を振る。しゅっと空気を切り裂く。

色右衛門はぎりぎり避けていた。

佳純はさらに大刀を振ってくる。つい、弾む乳房に目が向かう。

すぐに逃げてもよかったが、裸で大刀を振る佳純の姿をもっと目に焼きつけておきたかった。

それゆえ色右衛門は踵《きびす》を返すことなく、佳純を見ながら大刀を避け、あとじさりしていく。

「色右衛門っ、のぞくとはゆるさぬっ」

佳純の大刀が鼻先に迫る。と同時に、甘い体臭が薫ってくる。気をやったばかりのおなごが放つ魅惑の体臭だ。

ああ、たまらんっ。

切っ先が迫るというときであっても、色右衛門は勃起させていく。

「色右衛門っ」

佳純は大刀を振りつつ、迫ってくる。

大刀を振るたびに、ぷるんぷるんと色右衛門の目の前で乳房が揺れ、甘い体臭が鼻孔を襲ってくる。

命懸けではあったが、このようなときしか見ることができない極上の眺めと匂いだ。

やはり極上のものに接するためには、男は命を賭《か》ける必要があるのだ。

新崎は斬りかかってこない。色右衛門以上に、裸で大刀を振る佳純の姿に見惚《みと》れている。

「我慢汁が出てきたぞ」

と、色右衛門はあとじさりしつつ、佳純に教えてやる。

「えっ、我慢のお汁……」

佳純がちらりと新崎の股間を見る。見事に反り返ったままの先端に、白い汁がにじみ出ていた。さきほどまではまったく出てなかった汁だ。

新崎も裸で大刀を振る佳純を見て、かなり昂っているのだ。

佳純に隙ができたが、色右衛門はまだ逃げなかった。適度な距離を取り、佳純を見ている。

「佳純っ、おまえはずっと生娘のままでいろっ。俺の仲間になれっ」

「なにをくだらぬことを言っているのかっ、色右衛門っ。私がおまえの仲間になど、なるわけがないであろう。今、成敗してくれるっ」

新崎の鎌首から色右衛門に視線を戻した佳純が、ふたたび斬りかかってくる。

色右衛門はひょいひょいと大刀から逃げる。今、佳純を捕らえることは難しいが、大刀から避けるだけならできる。

佳純の弾む乳房にあらたな汗がにじんでくる。乳首はつんととがったままだ。

「真之介様っ、色右衛門をっ」

と、佳純が叫び、新崎が我に返ったような顔になる。

新崎が魔羅を振りつつ、迫ってくる。大刀を振るが、六発も出しているからか、切れがない。

「どうした、新崎。おまえ、佳純以外のおなごで、男になったそうじゃないかっ。しかも、六発も出したそうだな。相手は夜叉姫か」

「おまえっ」

どうやら、図星のようだ。

「それで、夜叉姫は捕らえたのか」

「私が斬りました」

と、佳純が言う。

「真之介様とまぐわったから、私が斬りました」

佳純の表情に、色右衛門は鳥肌が立った。

「怖いおなごだな。でも、好きだぞ、佳純。最後は、俺の魔羅でおなごになるのだ。それまでは、ずっと生娘の花びらを守っているのだ。新崎、おまえも、入れるなよ」

「なにをっ」

新崎が凄《すさ》まじい勢いで斬りかかってきた。さきほどまでとはまったく違っていた。

身の危険を感じた色右衛門は、懐に手を入れると煙玉を取り出し、投げた。

佳純と新崎の裸体が白い煙に包まれた。

佳純は煙から出ると、往来に出た。

遠くを色右衛門が走っていた。

「色右衛門っ」

「待てっ、逃がさぬっ」

佳純は裸のまま、色右衛門を追う。

色右衛門は掘割の船着場に結わえてある猪牙船《ちょきぶね》に飛び乗ると、漕《こ》ぎ出した。

「色右衛門っ」

佳純は船着場で地団駄を踏む。すぐに、真之介も追いついてきた。

「真之介様っ、今、佳純をおなごにしてくださいっ」

と言って、佳純は大刀を手にしたまま、真正面から抱きついていった。真之介の魔羅は半勃ちであった。そこに割れ目を押しつける。

「なにをしているっ」

予想どおり、色右衛門があわてた。

離れていた猪牙船が戻ってくる。

「真之介様っ、佳純をおなごにっ」

佳純は真之介に訴える。

「七発目を出したら、死ぬぞっ」

と、色右衛門が叫ぶ。

すると、恥部に挟まれた魔羅がどんどん萎えていく。

「真之介様っ」

萎えていく魔羅を見て、色右衛門が棹《さお》を止めた。

「それでいい。命は大事だ、新崎」

「真之介様っ、佳純をおなごにしてくださいっ」

佳純は強く割れ目を押しつけていく。

もう色右衛門を引きつけるためではなく、心からおなごになりたかった。

「新崎は勃たないぞ、佳純」

ひっひっひっ、と色右衛門が猪牙船の上で笑っている。

「おのれっ」

佳純は猪牙船の上で余裕の色右衛門をにらみつけ、強く恥部を押しつける。

そして色右衛門が見ている前で、自ら口吸いを求めていく。

「うんっ、うっんっ」

乳房、恥部を真之介にこすりつけながら、舌をからめる。

すると、むくむくと真之介の魔羅が力を取り戻しはじめる。

「ああ、くださいっ……佳純をおなごに……色右衛門におなごにされる前に、真之介様の魔羅で、おなごにしてください」

佳純は心からそう訴える。

「命を失ってもいいのか、佳純」

と、また色右衛門がちゃちゃを入れてくる。

「それは、なりません……」

佳純はかぶりを振る。

「すまぬ。入れたら、佳純さんの生娘の花びらを散らせたら、恐らく、すぐに出してしまうだろう。そのとき、あの世に往ってしまうかもしれぬ」

真之介が苦渋《くじゅう》の声でそう言う。

「それはなりませんっ」

鎌首が割れ目にめりこんできた。

「あっ、真之介様っ」

「佳純さんっ」

「なにをしているっ」

色右衛門のあせりの声がする。

真之介がそのまま鎌首を進めようとした。

「だめっ」

と、佳純のほうから恥部を引いていた。

コスミック・時代文庫

●●

華舞《はなまい》剣客《けんかく》と新米《しんまい》同心《どうしん》
女郎蜘蛛の罠

2024年4月25日　初版発行

【著 者】
八《や》神《がみ》淳《じゅん》一《いち》

【発行者】
佐藤広野

【発 行】
株式会社コスミック出版
〒154-0002 東京都世田谷区下馬 6-15-4
代表　TEL.03(5432)7081
営業　TEL.03(5432)7084
　　　FAX.03(5432)7088
編集　TEL.03(5432)7086
　　　FAX.03(5432)7090

【ホームページ】
https://www.cosmicpub.com/

【振替口座】
00110-8-611382

【印刷／製本】
中央精版印刷株式会社

乱丁・落丁本は、小社へ直接お送り下さい。郵送料小社負担にて
お取り替え致します。定価はカバーに表示してあります。

ISBN978-4-7747-6552-5 C0193